当代文学的力量

时代的声音

尚书房

重点优秀作品

良 霞

李凤群 著

中篇小说卷

北京文学月刊社 主编

图书在版编目（CIP）数据

良霞／李凤群等著．—北京 ：文化发展出版社有限公司，2016.9
（《北京文学》重点优秀作品 北京文学月刊社主编）
ISBN 978-7-5142-1487-1

Ⅰ．①良… Ⅱ．①李… Ⅲ．①中篇小说－小说集－中国－当代
Ⅳ．① I247.5

中国版本图书馆 CIP 数据核字 (2016) 第 193572 号

良 霞

李凤群／著

出 版 人：赵鹏飞
总 策 划：尚振山
责任编辑：曹振中 罗佐欧
责任校对：岳智勇 **责任印制**：杨 骏
责任设计：侯 铮 **排版设计**：麒麟传媒

出版发行：文化发展出版社（北京市翠微路 2 号 邮编：100036）
网 址：www.printhome.com www.keyin.cn
经 销：各地新华书店
印 刷：北京兴星伟业印刷有限公司
开 本：787mm×1092mm 1/32
字 数：154 千字
印 张：10
印 次：2016 年 9 月第 1 版 2019 年 2 月第 2 次印刷
定 价：49.00 元
I S B N ：978-7-5142-1487-1

《北京文学》
重点优秀作品

（以得票多少为序，票数相同以发表时间为序）

【中篇小说】：《暗杀刘青山张子善》作者：李　唯

《朗霞的西街》作者：蒋　韵

《出门远行》作者：孙春平

《蓝名单》作者：杨少衡

《鸭舌帽》作者：尤凤伟

【短篇小说】：《火锅子》作者：铁　凝

《合作》作者：刘庆邦

《老爸的家庭会议》作者：女　真

《秘密》作者：霍　艳

《都市众生》作者：聂鑫森

【报告文学】：《低天空：珠三角女工的痛与爱》作者：丁　燕

《赶考——西柏坡感思》作者：李春雷

《探海蛟龙》作者：陈　新

《绝地上的诞生——一个令人发疯的科学神话》作者：陈启文

《落寞夕阳——中国农村留守老人现状采访记》作者：李琭璐

【散　　文】：《谁能够让你站起来》作者：张秀超

《命如蒿草》作者：赵　殷

《小孩，男人，狗》作者：袁劲梅

《亲爱的花朵》作者：安　然

【诗　　歌】：《且行且吟》作者：吴开展

《东方集》作者：黄　梵

《于坚的诗》作者：于　坚

【新人新作】：《二月里来好春光》作者：刘紫剑

《太平湖》作者：李学辉

《原点》作者：周建标

【转载作品】：《晚安玫瑰》作者：迟子建

《第四十圈》作者：邵　丽

《金山寺》作者：尤凤伟

《良霞》作者：李凤群

《世间已无陈金芳》作者：石一枫

《晚祷》作者：蒋　韵

《月煞》作者：孙　频

《种桃种李种春风》作者：余一鸣

《报道》作者：红　日

《莲露》作者：陈　谦

北京文学月刊社

2016 年 6 月

前　言

文学照耀生活，精品点亮人生。

亲爱的读者，此刻呈现在您眼前的这套10卷本作品集，系我社举办的《北京文学》2013年～2014年重点优秀作品评选的上榜之作，囊括了两年间《北京文学》（精彩阅读）和《北京文学·中篇小说月报》发表的文学作品精华，包括

《北京文学》（精彩阅读）的原创中篇小说、短篇小说、报告文学、新人新作、散文和诗歌 6 大门类的 25 部优秀作品，以及《北京文学·中篇小说月报》转载的 10 部优秀中篇小说。这些作品，是经过《北京文学》编辑部严格把关、层层推选出来的。进入初评的候选作品，参考了作品发表之后的社会反响，如转载情况、读者反馈、文学界各方评价等，由《北京文学》编辑部集体讨论确定。终评上榜的优秀作品，由国内著名作家、评论家、编辑家组成的终评委，在集中讨论、充分发表意见基础上，现场无记名投票，按照得票多寡评出。这些作品，题材多样，风格迥异，内蕴丰富，精彩纷呈，作者队伍也实力强劲。在中篇小说、短篇小说、报告文学、散文、诗歌5个门类的30多位获奖作者中，既有铁凝、刘庆邦、迟子建、蒋韵、尤凤伟等知名作家，也有石一枫、孙频、霍艳、陈新等新锐作家，还有袁劲梅、陈谦等活跃的海外华人作家。

此前，《北京文学》曾以“《北京文学》奖”和“老舍散文奖”的形式评选奖励优秀作品，由于近年国家文化主管部门规范各类评奖，从本届评选开始，北京文学月刊社原有的“《北京文学》奖”和“老舍散文奖”合二为一，改为按年度划分的优秀作品评选，对优秀作品资金的扶持力度也大幅度提高。这套10卷本的优秀作品丛书，既是我社对2013年～2014年《北京文学》(精彩阅读)和《北京文学·中篇小说月报》发表作品的一次集中检阅，也是这两年间中国文学精品力作的一次集中呈现，值得广大文学读者阅读和收藏。

北京文学月刊社

2016年7月

目　录

良　霞 |李凤群|

李凤群，女，1974年生，安徽无为人。中国作家协会会员。鲁迅文学院第十四届高研班学员。已出版中篇小说集《边缘女人》、长篇小说《没有春天的网恋》《非城市爱情》《活着的理由》《背道而驰》《大江边》及《颤抖》等多部。曾获江苏省第三、第四届紫金山文学奖，安徽省首届鲁彦周文学奖，江苏省“五个一工程”奖，“安徽省文学新星奖”，“2013年度青年作家奖”等。

1

江心洲人不愿意动脑筋，生儿养女取名字都喜欢抄袭加套用。男的非军即宝，非贵即富；姑娘们呢，霞呀英呀，凤呀梅呀，反反复复用来用去。不过，那都是三四十年前的旧习了。

1988年的暑天，棉花刚到结桃期，靠了锄，地里没什么活儿。一大早，摆渡的阿三一船坐着两位姑娘到镇上去。一个是三大队的腊梅，这小姑娘才初中毕业，学生气没褪，拿不动锄又坐不住板凳，妈妈说家里没有老姜了，她就自告奋勇到镇上称，其实就是想寻点新鲜。这小姑娘嘴张着，显得有点憨，出门也不戴个帽子，脚上拖着一双塑料拖鞋，鞋尖翘在船舱里，晃荡着。另一侧船沿上坐着八大队的良霞，良霞穿一件无袖的淡青色连衣裙，太阳还没出来，良霞戴着白色的凉帽，一撮头发从帽檐里露出来，她手里捏一只花手帕，时不时擦一下额头的细汗珠。她腰身苗条，胳膊圆润白皙，肩膀上挎一只黑色人造革包，脚上穿一双白色的高跟凉鞋，这种款式不算稀奇，可是她脚上还有一双薄薄的透明丝袜，这就显得洋气了。两位姑娘面对面坐在两侧船沿上，良霞抬几次眼，都撞到腊梅直统统的目光，腊梅几近呆滞了。阿三虽然憨，也瞧出腊梅自惭形秽，他咧开嘴，短舌头打着卷儿开始嘀咕。他一嘀咕，破了凝结在江面上的尴尬，腊梅索性长了勇气，她问良霞：

你打扮得这么漂亮，要去哪儿?

良霞温和地朝她笑一笑：

去趟县城。

听说你在县里交了男朋友是不是?

人家瞎说，没呢！还是那么微微笑的模样，不疾不徐，腊梅被她的和气吸引住，胆子大了，紧追着说，我跟你去逛一逛好不好？

腊梅口袋里只有五块钱。她不晓得住一晚旅馆就要五块，她还当真以为自己不是人家的拖累，可是良霞也没拒绝，只是说：你不回去，不怕你妈妈急？

船还没有靠岸，凤凰镇的街铺就露出眉目了，街道上，有挑着粮食和大白菜的农民，也有骑自行车下班的女工。腊梅一眼就看出镇上人和乡下人的区别。她看到自己的塑料鞋上沾满了泥巴，裤子是她妈妈手工缝的，屁股后头能塞两只鸡，裤腿还皱巴巴的，她突然心虚了：

我还是回去吧。

良霞也没有坚持，可是懂了她的意思：

没有关系，慢慢来。以后注意少晒点太阳。有钱的时候再买几尺布，做条裙子，买得巧，一条裙子也就三四块钱，人马上就不一样。

这些知识太新鲜了，腊梅听着，觉得十分渺茫，沮丧地把脸别过去。她的眼被繁华和美给刺着了，眼泪哗地淌了出来。

那年良霞刚刚二十。江心洲“胡”“范”“张”三大家族都想娶她做儿媳。胡家老六是牛贩子出身，贩了十多年的牛，已经把大公子的楼房盖起来了。大公子正在做木材生意，走南闯北，赚多亏少，就等娶妻生子，过美满生活。范家二儿子刚刚高中毕业，跟村里的领导班子来往密切，有望接下一任村主任或会计。张家的儿子是独子，虽然没上过学，可有一条一百吨的水泥船。小船长皮肤黑，可良心白，都说他为人厚道，举止稳重，掌舵技术一流，大风大浪跟前比五十多岁的人更沉着、勇敢。

这三户人家轮番到良霞家去试运气。因为知道彼此的意图，三户人家在路上碰到都有点儿横眉竖目了。良霞爸爸是个厚道人，媒人不论何时登门，他都耐住性子，要下地时放下锄头，要吃饭时放下碗筷，要睡觉时他套上衣裳，烧壶水，陪来人坐着闲聊。被这些人家请来的说客都不是等闲之辈，嘴巴能说，大话敢吹。在他们嘴里，这些早不见晚不见的人，个个性情温良，敬老爱幼，前程似锦，良霞若是答应了呢，一过门就是王母娘娘待遇。江心洲巴掌大，家家知根知底，可经他们一规划，就像在听书。他们画出来的饼，良霞的妈妈在门里回回听得眉毛竖起来。她坐在门里仿佛不怎么管事，其实屏气凝神，句句不落。

那些被委派来的人总想多探些情报回去交差，经常边说话边往良霞的闺房里瞅。良霞家有三间睡房，良霞睡朝南的大房间，两个哥哥睡在朝北的那间。良霞房里的墙也是老式的土坯墙，可是墙上贴满了明星画。最大的一张是带年历的邓丽君像，还有一张山口百惠、三浦友和夫妇相拥在一起的招贴画靠着良霞的枕头上方。窗帘不是一块花布，是奶糖纸拼接起来的帘子。她床上的蚊帐里头贴着她请人用金纸剪的展翅凤凰。江心洲还没有通电，可是良霞的桌子上已经有了一只台灯，粉红色灯罩，一看就是有心人送她的礼物，一等电线杆架上之后就能派上用场。

良霞家西墙边靠着一条路，既通往镇上的夹江渡口，又通向屋前头的大江滩。屋基旁有块沙地，不适合盖屋，做了菜园。菜园的栅栏边种满了美人蕉，一株一株，一簇一簇，既好闻又好看。种了茄子的那一块地边上还有一棵栀子树，一朵一朵白色的栀子花羞答答地猫在栀子叶里。

因为跟良霞打过那么一次交道，腊梅经过她家门口时，总喜欢瞅一瞅那挂在窗边的糖纸帘子。一个人要有多巧的手和多大的耐心，才把这些帘子串得这么好看，这么齐整？

江心洲的父母声称自己男女平等，其实都是嘴上说说。良霞家的男女平等，也是嘴上说说——良霞念到初三，两个哥哥都只念到初二。良霞没法继续念，那些她瞧不上眼的同学，每天给她递条子、送礼物，不胜其烦，而且她英语成绩好，经常被喊起来做领读。她领读的时候，窗户外头挤满了社会青年，他们吹口哨，用假嗓子发出细长的叫声，严重扰乱了学校的教学。老师们气得哼哧哼哧，怒目而视不敢言。良霞自觉，三五回后，她扛起板凳回了家。

不念书情况也好不到哪里去，村子里只要有良霞的地方，就有年轻男女，男孩子个个想做到最斯文、最突出，女孩们自动当配角，所有的话题都只会围绕着良霞：良霞的眼睛好看，良霞的皮肤好看，良霞的手绢花色好看。良霞站在那里，轻轻一扭，抿嘴一笑，这个样子立刻就有人模仿，有的人像，有的不像，像不像横竖都是良霞最好看。可是良霞不在意，见谁都微微笑，温柔地笑。

这年入秋，良霞终于跟父母坦白，她在县城里确实处成了一个对象。对方要良霞回来传话，问他们何时来上门提亲妥当。对方全家都是县棉纺厂的正式工，城镇户口，男孩子一米八的身高，还是高中毕业生，他迫切地想要两家父母见面，把亲事订下来。

意料之中，也是意料之外。良霞爸爸一时不知如何是好。

他说要订下来才能名正言顺托人帮我弄进棉纺厂上班。良霞羞涩地解释说。

订下来当然好，良霞爸爸面有难色，可是人要脸，树要皮，家里的房子旧成这样，乡里乡亲也就算了，见外头人实在太拿不出。这样吧，等棉花收上来，买些石灰把外墙刷刷白，屋顶上的瓦换一换，再给家里人里里外外添一身新衣裳，让他们来吧。

爸爸不想让她丢脸，她懂。她默认了。

天不遂人愿。

巴巴地入了秋，棉花结桃期，一连下了二十多天雨，棉花地里水流成河，沟沟壑壑到处都是水，白茫茫一片，水往低处流，进来出不去。江心洲人眼睁睁看着棉花一株株被雨浇得蔫头蔫脑，东倒西歪，天一放晴，上头晒，下头淹，不几天，江心洲几百亩地里，快一人高的棉秆全部七零八落，枯死败光。

良霞订婚的事拖了下来。

一直到入冬，家里没称过半斤肉，良霞一个劲儿收到城里的信。爸爸到老师家里讨了些考过的试卷来，说是给良霞妈妈剪鞋样，良霞不好意思在试卷反面写信，她收到许多信都没法回。过年的时候，妈妈见不得良霞失魂落魄，抠出十块钱，让她到镇上买身衣裳，良霞拿这些钱全去买了邮票和信纸。信纸上写得密密麻麻，都不像她一贯讲究的样子了。二哥晓得她积攒了一肚子情话要讲，站在门外笑话她：话比江水还多。

良霞甜蜜地抗议，威胁要喊妈妈来捶他们。

过完年，冰锥子还挂在屋檐上，良霞莫名其妙发起烧来，请了赤脚医生开了点药，三天都没退。旁人要是感冒发烧，总是喝喝开水，吃两粒药罢了。良霞发烧，紧张的不光是妈妈，大哥一天要进来摸她三回头，二哥也靠在门口，直盯着她问好些没好些没，爸爸本来忙着挑土整地基，给两个儿子一鼓动，也跑到良霞床边来问她：

送你到镇上去瞧瞧?

不用。良霞回答爸爸时，把被子从脖颈往下拽了拽，想把头抬高一点，一张苍白小脸，睫毛上像是闪着泪珠。四目一对，爸爸脱口而出：送县里，一天也不拖。两个哥哥积极响应，一人背一段路，一直背到镇上坐上了三轮车。三轮车上，两个哥哥四条腿四只胳膊合成一张床，哥哥的棉袄脱下来垫着妹妹，生怕妹妹被颠疼，两个人的脸都绷得紧紧的，一路护到县医院。车上坐着个认识他们的人，瞅着这几个紧张过头的大男人好心好意地笑。

本来想让良霞快速退烧，可是医生扭过脸来告诉良霞爸爸：

腰子上长了东西，赶紧加大处方退烧，尽快安排手术，不然有生命危险。

爸爸和二哥留在医院，大哥连夜回家筹钱，通知妈妈，带来的这点儿只够当晚用。

县医院医生下药准，没几天烧退了。烧一退良霞就写起信来，信里交代男朋友到医院来看自己。写完信，她从病床上起来找厕所，经过医生办公室，听到爸爸在向医生打听她的病情。她在外头比爸爸早一些听懂了医生拐三绕四的话里的意思，晓得自己不是普通的伤风感冒，她把写好的信当场折起来，塞到枕头底下。

那个男孩子到底得了消息。手术前，他来到良霞的病床前，良霞一见他，就把头扭过去：

分手吧，分手！

虽然发了几天烧，可那说话的劲道还在，口气坚决得很，一看就知道他俩平常交往，她能占上风。

我不走，我不会离开你。男孩用肩膀抵住床头的板，哄了三个小时，请良霞把头转过来让他瞧一眼。

我不想连累你，我是农村的，现在又生了病。你走吧。

撂出这一句话来，偏就不转头让他瞧。

医生来查房，劝男孩子让病人休息，男孩子退到病房的走廊上，蹲下，抱住头，忧心忡忡。吃饭的时候，良霞爸爸买几个白馒头递给他，他不肯接，一声不吭。病房里的人七嘴八舌地发表看法，有人敬重良霞有骨气，有人评价外头走廊上那个是一个痴心汉。最后一致认为病床上的姑娘还真有福。

这些人个个嗓门大、心眼直，床上的姑娘何尝听不到这些议论？越听她的后背越发绷得紧紧的，仿佛转过头来，接受那个伤心人的安慰，就是大大地让人失望，大大地对不起旁观者。

还是做妈妈的疼女儿，又怕那个男孩子真的走掉，趁女儿睡着了，她伏下身子轻声告诉走廊上的准女婿：

没怎么吃过苦，突然受了这些罪，心里不自在，又要强，明天肯定就顺了。

第二天又守了半天，男孩子爸妈差厂子里同事找到他，告诉他再不去上班，厂里要把他开除了，他这才怏怏离去。他真的走掉了，良霞又努力想把头探出来往窗外瞧，怕他会躲在医院楼下柏树的绿荫里，傻傻朝这间房张望。

不过，她嘴还是很硬：

换病房，下次不要让他再见我。

第三天，小伙子把医院翻了个遍，也没见到良霞的影子。良霞在手术室，手术做了七个小时。

术后，她身上插满了管子，刚能开口，就交代家人：

不要让他看见我这个丑样子！

她不知道还有比丑更大的麻烦，妈妈点点头，泪珠子一颗追着一颗往下砸。

可是他没有来，一点儿消息也没有。

七天后，良霞拆了线，钱也用光了，爸爸借了板车拖她回江心洲。临走时县里的医生招呼家里人：尽量多依她，多给她吃点往年没吃过的，不要让她受刺激。如此这般。良霞卧床不起了。

每天晚上，她妈妈便会端一盆水来帮她擦洗身体，妈妈沾湿一块毛巾，让热气冒一会儿，先是从脸脖子开始，再来到女儿脸庞两侧，妈妈绕开女儿微闭的两眼，也绕开前腰下那道红色的刀口。那个地方愈合得不好，可没有听到她叫唤。还有些地方，女儿也不让碰，伸出无力小手，轻轻一拨，做妈妈的懂。她说：

不怕，我是妈。

妈妈一天天擦，觉得女儿一天天往下陷，有几次，她喊来良霞爸爸一起把女儿往上拖，让她坐起来，这个时候，她总觉得女儿的眼神木木的，身子抗拒地往下沉，像是用身体挖掘一口深井。她的头发，不是一根一根，而是一缕一缕地往下脱落，妈妈整理床铺时，悄悄把头发拢在手心带出去，再后来，女儿瘦得薄薄的，做妈妈的不劳别人帮忙，轻轻从腋下一提，女儿就能坐起来。可是很快，她会再度陷下去，女孩儿胳膊松软，她看着妈妈——定定地。当妈妈告诉她想帮她翻个身，她那发呆的目光试着听懂妈妈的话，神情是茫然的，仿佛陷入迷雾之中，妈妈刻意不去碰女儿的眼神，听到女儿急促而微弱的喘息，她把脸转过去，害怕听到心酸的抱怨。有一回，在帮女儿擦洗时她听到女儿喃喃说了一句。

什么？她本能地直起身子，问道。

良霞抬起厚重的睫毛，大而黑深的眼睛直视着她。

他怎么想的？两个月来，她头一回开腔。

做妈妈的答不上来，又不习惯作假，只好急急忙忙端出盆去把水泼掉，又不放心，拿着空盆回到女儿床边来，伸手把煤油灯芯捻了捻，让屋子里亮一些。

2

江心洲其实有两个名，另一个印在红头文件和五洲镇地图上的名字叫太白村。太白行政村有八个自然村。八个自然村绕着江沿堤坝，各占一个方位。八大队地处东南。良霞的窗口可以望到刚刚升起来的太阳。天气晴朗的日子，从窗口可以看到东方影影绰绰的扁担洲和八卦洲，江面平静，半个钟头会有一只拖船经过，拖船上或装满沙石，或装满煤炭。它们缓缓地从地平线开到视野里来，等你眼睛疲乏了，便又缓缓地从视野里开出去。

陪伴她的，是一段段翻来覆去的往事。她站在严井湖边的亭子里。说是湖，只是巴掌大的水库。他俩就在这里认识的。她没什么别的好炫耀的，只是告诉他，她家门前的水比这大几千几万倍。

这湖，不是多么稀罕的事。

到底不一样嘛。他热烈地望着她，带着小小的优越感。他在离这条湖不远的国营棉纺厂上班。

你不像县城里的人。乡下人最怕听的就这句，她的脸一红，正待转身离开，听到他接着说：

你像北京来的。

他说这话时，周围是蔓生的蔷薇花和垂柳的枝条。她知道自己好看，从小到大，因她长得好，她被告知将来能吃香喝辣，享荣华富贵，江心洲人的荣华富贵无非就是嫁给城镇人，吃商品粮，住楼房，喝自来水，拿工资。良霞的蓝图就是如此。旁人从渡口往县城里去，摆渡的就会问三问四，做什么事，什么时候回。可是良霞要是三天不到渡口来，摆渡的才会问三问四，出了什么事，良霞怎么不到城里去。良霞晓得她就是这个命。天生丽质，高人一等。

家里的经济不宽裕，良霞进城的钱，有时就是紧巴巴地够两趟路费。她呢，会瞧瞧城里姑娘的打扮、衣裳的样式，记在心里，手头宽裕时买几尺削价的布料照着样子做，大多数时候，她只是来逛一逛免费的严井湖公园。

就是在这里，他把脸凑过来，她闻到芳草牙膏清新的香味。他的牙齿嗑在她的牙齿上面。他的胸口贴着她的。他说：

一生一世。

疼痛的间隙她能回忆起搭乘渡船时听到的潺潺流水和鸟鸣。她去过他家一回。县东城一个巷子里，院墙一人多高，院墙边靠着三辆自行车，一家三口每人一辆，净净亮亮的。院子里有七八盆花草，还有一间屋大的空地，可以种茄子，搭葡萄架，既可遮阳，又能吃水果。那样的生活印在她脑子里：微微的呢喃声，多样的色彩，有力的胳臂，还有他的气息，温热而浓情，又真又切。现在，她的脸被病症的面罩蒙住了，他远得像一场白日梦。

来看望她的乡里乡亲一进房门就开始装假，假装没瞧见她瘦脱了形，净跟她说些好了之后怎样怎样的话。她冷冷的，没有表情。她不是傲慢，只是心在别处。她心里晓得他们的好意——所有的问题都在这里——她从来没想过人人都来同情她。这些日日经过她窗口的人：扛着锄头下地的，到镇上去采买的，挑着担子的，空着手的，拿着玉米棒子边走边啃的，有活力、风风火火的。朝她窗口的眼神没有一点恶意，也不带任何挑衅和嫉妒——过去的东西被他们一笔勾销了，除了怜悯——这个东西太新鲜了，她一撞到就不自在，只好把眼睛闭得死死的，闭到满头是汗才睁开。

躺了差不多一个月，那个男孩突然来了。到底来了。他没在堂屋跟她家人寒暄，直接问她在哪间房，然后扑了进来。她已经挪到北边房里，她大嫂要过门。家里原先就数她的房间朝向好，还宽敞。琢磨着这间房能放得下高低床和五斗橱，外加一个缝纫机，都是女方的陪嫁。这桩婚事，大哥原来不肯点头，大哥是想法多、野心勃勃又乐观不掩饰的人。他想到镇上开理发店，或者跟人合伙买条船，甚至想到村领导那里批块大的地皮把楼房盖起来再考虑结婚。妹妹这一病，用掉了所有的家底不算，还借了债，女方竟不嫌，他的婚事自然加了速度。那个姑娘一口龅牙，现在看上去却不那么挡事了。筹备婚礼这些日子，大哥变得有点反常。有时他脚步声、呼气声都特别重，有时又听不到他半点动静，再仔细听，才晓得他就坐在堂屋里。

良霞挪到大哥二哥原来的屋里睡。二哥夜夜在堂屋打地铺，他的被褥和衣裳，白天用绳子绑好，摆在屋角，晚上摊开来。

扶她换房间那天，妈妈没忘记把窗帘和邓丽君的画挪过来，可是山口百惠和她丈夫抱在一起的那张被扯坏了。这个窗口，不如南边的暖和，光线也不怎么好，不过还是能望到惯常走的一条路：下地的扛着锄头，进城的挎着篮子；有时是四条腿的牛，不紧不慢地过去；有时是两条腿的鸡，低头觅食。

家里人和亲戚都在忙着大哥的婚事，脚步乱糟糟的，可是妇女们说话都不像一贯那样大声大气，她们体恤房里有病人，还体恤病人的心情，说到“新娘”“喜钱”“嫁妆”的时候，声音都主动压低。良霞头发掉得差不多了，也不要人扶她起来梳头什么的了。那天她格外清醒，没垫枕头，仰面平躺在床上，眼睛里的余光能望到窗户外头的树叶、树冠和那片蓝莹莹的天。

听到有人推她的门，她一转过头，看到他雪白的衬衫一下子映照得房间都亮了，她一急，想摸点什么把头蒙住，可是来不及了。她看到他的脸色慢慢地变了，嘴巴错愕地张着，他没料到朝思暮想的人如今是这个模样。

明知是她，他眼睛还加快速度眨巴眨巴地，想看清楚。那么一会儿工夫，她整个人都哆嗦起来了。她揪起身上的被子，遮住了自己的头，拽得太多，还因为激动，那双脚脖子露出来，抻得老高的脚踝骨，随着她情绪的波动，皮下的骨头一动一动，像是要戳破那层皮。她意识到脚露出来了，双脚想找地方藏，脚背慌张地撞到床头，发出啪一声响，他吓得倒退一步。

他背着一只鼓鼓囊囊的大包，里头是洗换衣裳和一些私人物品。他费了许多劲儿才逃出来，他准备不走了，跟家庭决裂，工作也不要了，留下来陪着她、照顾她，把他全部的爱情献给她。他揣来的满满当当的柔情想包围这轮明月，可是他眼前望到的只有一摊枯树枝。他抱住头，蹲在地上放声大哭起来。外头的人以为他心疼，想不到他如此有情有义，挤在房门口偷听，个个鼻子发酸，有人开始感谢老天开眼。城里来的人哭得很激烈，然后冷不丁拉开门，垂着头，从挤在门口的人缝里钻了出去。他的背包绊在谁的手臂上,也不管了,使劲儿一拉。一家人目送他往渡口去，背影没在埂下才回过神，全部拥进良霞的房间，良霞的头还没有从被子里露出来，只是带着哭腔一遍遍地喊：

不要看我，不要看我！

家人把她被子掀开，她大口地喘着气，好久才明白人已经走掉了。

当天晚上，她又发起烧来。这个病一高烧就重，烧不退就坏事。

爸妈不敢怠慢，又送了一回县医院。人家抽了血，又把她拖到机器上测了测，说不大管用了，让家里人拖回来。到了第五天，她仍然粒米未进。时而清醒些，更多的时候迷迷糊糊的。她断断续续听到妈妈的哭声。有回妈妈许是坐到菜园的栅栏边上哭，身子发抖，带着栅栏摇晃，栅栏里有她前年系着的一个唬鸡的小铃铛，久不管它，锈了，惊出嘶哑的颤音。

男人们比女人沉着。爸爸成天泡在地里，中饭有时都忘记回来吃；二哥守在良霞床边，一声不吭，良霞动一动，他就动一动，良霞昏迷的时候，他就支在墙边，眼珠子牢牢地盯着妹妹，生怕眨眼眨出事故。

有回半夜她有些意识，天一片漆黑，她听到隔壁房间大哥从床上往下摸，灯都不点，他在小心地拉抽屉，乡下男人最多靠捕点小鱼小虾、卖点劳力攒些零钱，良霞心里晓得，哥哥的抽屉里最多也就几张毛票子，估计他又要出门找偏方。但凡听说哪里有偏方，他就往哪里跑，他跟妈妈说的那些地名，最短的来回都要走七八个钟头，家里的草药都是他求偏方抓来的。妈妈把哥哥带回来的草药煎好，早中晚煎上五六碗，方子里有黄连苦胆，喝一碗能吐两碗。有天晚上，她用手背挡，打碎了药碗。妈妈给她跪下了：

儿啊，药苦就有盼头，你有盼头妈妈就有盼头。

伏在床头哭泣的妈妈身子发抖，怕被外人听到，她把头埋到自己胸前，想把声音拢在自己怀里，可是床头柜上一只瓷杯子里放的勺子却在不停地抖动，瓷杯碰撞勺子的声音越来越快，越来越响，响到让良霞的喘气声也跟着越来越重，越来越急。

哭停的妈妈又熬好药端进来，良霞看都不看，由着他们灌，灌完就抿住嘴，硬生生把胃里翻到嘴边的药汁一口口再咽回去。

烧奇迹般地退了。

可是草药一天不敢断，先是到县里的药铺子里抓的，后来，就全家抽空到山里野外去采，一采几十斤，实沉沉地挑回来，到江边洗，太阳底下晒，晒干了切碎，装进蛇皮袋，挂在房梁上，每天从里头抓不同的几把到锅里煎。大半年的工夫，她真的好了一些。

她居然能起床了，站到门前，倚靠着门框，身上渐渐感觉到有些冷。家里人都下地了，只有大哥刚刚挑水回来，正蹲在门口剔球鞋上的泥，鞋帮子上补得已经没有原色了。大哥的后脑勺上的头发乱糟糟地纠在一块，感觉到妹妹在看，大哥一抬头，朝她一笑，他的目光有些呆滞，额头上抬头纹那么重，看上去哪里像刚结婚的男人，哪里像二十多岁的小伙子，哪里像意气风发的哥哥？良霞胸口一阵紧缩，就像一只猫腾地窜到她跟前，细小的爪子透过薄薄的皮肤压到她的心上。

一阵急风起来，门前一株梧桐的叶子一下擦到一起，发出刺啦啦的声响。又刮起了一阵大风，空中响起一阵闷雷，江面黑棉绸一样，柔柔地摇摆。

她想都没有想，就奔着江里去，下了坡，爬过一道矮墙，就拐到了到江边芦柴滩上的小路。她身子太虚，快接近沙滩了，一粒汤团大小的石块剐了一下脚背，她扑通倒了下去，再爬起来的时候，胳膊和膝盖都火辣辣的，她的脸上没有表情，只是用手背抹掉了嘴上的土，继续往江边去。眼看就望到平平整整的江面了，哪晓得大哥却比风更急地扑来，一把抱住她。她挣扎的胳膊举到空中，雨点打在裸露的臂上。哥哥不说话，光是抱住她的腰，又怕触到她的伤口，手臂时紧时松，稍一松，她就往前挣脱，把手紧一紧，就看到她脸色发白，嘴唇也发白。拉拉扯扯，转眼脚尖沾到了江水。她盯着江面，神情很平静，虽然身体被大哥抱住，却仿佛获得了自由，她恨不得马上扑进去，与大江融为一体，痛苦转瞬间消失不见了。

她转过脸，对着大哥：

为我好,就让我去。她讲这话的口气,不像她的性格，也不像她的年纪。

大哥不跟她讲道理，他只是箍住她，不松手。她瞧见大哥的手指缝里，全是污垢。他去年还那样讲究体面，如今搞成这副样子却浑然不觉，他甚至不瞧她，只是箍着她。她头回感到大哥怀抱阔大厚实，那心跳却快得吓人，眼珠子圆瞪，带着哀求，好像妹妹再往前一步，先栽下的是他。他的模样把良霞惊住了，她的力气一下子全失光了。看热闹的人已经站在堤岸上了，他们眼里就像看一张画报。画报上的两个人，一个要腾飞，另一个人在托举。

雷声渐远，良霞的脖子软下来，贴住大哥的头，不再抵抗。

3

家里人的心思全在攒钱。她只剩一个腰子，还不合格。医生说得明白。随时随地要往医院送，这回花钱比上回更多，更没底。

可是钱这个东西怎么也存不住，总是左手进，右手出。大嫂进门的时候买了几样家具，给大哥添置了里外各一身衣裳。酒水礼金好歹紧巴巴对付过去了。大嫂一进门就有了，整天吐啊吐啊。都猜怀的是男孩子，她更娇气了。五六毛一斤的苹果一天要吃两个。

躺着过和走着过日子完全不一样。走着过日子的时候，她心里只有自己，只有未来，最大的烦心事是怎么把字写得漂亮些，衣裳怎么配时尚，除了爱情，再无困扰；等到她躺下来的时候，世界也歪了似的。房子是笨重的，奔来跑去的脚步声七零八落的，家里人都变重了似的。她原本以为地球是围着她转的，可是现在，她的身子浮沉在自己和他人之中，经常一阵剧痛来袭，之后就能体验到别人的生活。她闻到爸爸劣质烟叶的味道，往年爸爸见到她就笑，如今也天天伸头往她房里瞧，张开嘴，露出牙，发出的声音却不怎么像笑；大哥的嗓音低沉浑厚，说什么话字都少而精，声音还小，就像过去那些特见不得人似的；她听到二哥在门口跺脚，以前她是不留意的，原来二哥是个暴脾气。

二哥叫承明，只比她大一岁。她一病，承明一下子摆脱了年少无知的模样，往年，他为了一条牛仔裤还跟老头子顶嘴。家里有这么一个方圆百里难得一见的妹妹，巴结他的朋友一拨一拨，他好结四朋，难免学会了大手大脚，还爱热闹，喜欢跟风，看到人家有双卡录音机，也在家里吵了几回，他跟爸爸要钱要了几回，老头子硬是没松口，那时只有良霞站在他一边，她还许诺他：

我要是进了棉纺厂，第一个月工资就帮你买录音机。

这些，远得像上辈子。

妹妹这一病，二哥的朋友全受了惊，不敢来找他出去玩。因为一开始有谣言说这病传染。真是荒唐，他那么爱热闹有想法的人，因为傲气，憋着劲儿待在家里，还时不时进妹妹房里逗她说会儿话。他穿着大哥的旧裤子，他个子长，裤脚高出脚背五六公分，他满不在乎地进进出出。

爸爸劝他谋个出路，家里这六七亩地，他们老两口和大哥承亮就能忙得过来。承明同意了，愿意跟人后头做木材买卖。爸爸去跟胡老六一说，人家不在意过去三番五次碰过钉子，既往不咎，答应让儿子胡大奎带承明下江西，教他买卖的门道。

做买卖才算是正式接触社会。机会给了承明，可他把不住。胡老六在地里抱怨了几回。想必是大奎回家说的，承明傲气太重，又不怎么晓得看人眼色，有九成把握的生意到他手里也能黄。有时说少了一句客气话，有时说多了一句狠话，反正就是不灵活，不是做买卖的料。胡老六零零碎碎说了四五回，良霞爸爸都不顶嘴。二儿子小时候调皮，越长越像他，现在，差不多定型了，就是他的翻版。到年底分红时，承明本来本钱就少，一年下来，拿到手的红利还不如在家里种地。其他人都吃了惊，可良霞爸爸早就心里有了底。村里万元户不少，到底还是有经验肯吃苦性子活泛的居多。爸爸又怂恿起大儿子来。大儿子承亮能忍得住事，跟人打交道也算活泛，奉承话他也能说几句。老二太像他爸，太实诚了。这年头，夸哪个人实诚就代表这个人没出息。

承明被发现不是做买卖的料，身价陡然下跌了不少。他比大哥犟，还想依自己的眼光挑姑娘，可是没有三间瓦房，谁家的姑娘也不肯。这对做父母的来说，是个大难题。

良霞虽不能动，营养还不能缺。原来肉一块二毛多一斤，过了个年一块八了。不动脑筋，赶不上这往上猛蹿的物价。爸爸把靠近水源的一块地整出来，搭了大棚，种反季蔬菜：西红柿、青椒和黄瓜。整个县上，搞上大棚的屈指可数，有风险，可利润肯定不错。还没立春，那红彤彤的西红柿就结成了。每天天不亮就到镇上卖，爸爸起床的动静尽量地轻，拉门闩像电影里的慢镜头。天大亮东西就卖光了，他坐在门槛上理毛票子。这个时候良霞能看到爸爸的头发白花花的。五十多岁的人了，还得学栽种新技术，这在江心洲真是新鲜事。他自己也振奋了许多，有天晚上他打了一斤散酒，跟两个儿子坐在堂屋里喝。上一回喝酒，差不多两年前的事了。两个儿子坐在下首，孙子在桌子下面学走路。这情形，也其乐融融。

喝了两杯之后，爸爸在外头鼓励良霞：

能出来坐一小会儿吗？

良霞晓得他们在意自己。平日都看她的脸色。她脸色好一些，要水喝，喊冷或是热，他们就能放下心，要是她一声不哼，既不喊疼，也不说话，他们就提心吊胆，吃饭干活都不敢有声响。她披件外套，把着墙走到房门口，在小板凳上坐了刻把钟。

桌上真没什么菜。几块豆腐乳，一碟花生米，一盘腌菜，他们个个都不望菜，半天啜一口酒，然后就是说他们的计划。

她听爸爸说他的打算，干个一年半载到村里申请一块地皮，再盖两间屋，一间大点的给二哥娶个媳妇，另一间也要朝南，让良霞住。她现在住的地方不采光，不利于健康。爸爸的额头黝黑，半脸胡子密密匝匝，遮住下巴，他张开嘴，露出白牙。

她头晕。妈妈也有点紧张，站到她身后，两条腿贴住女儿后背给她当椅子靠。大嫂盛了碗豆腐汤递到她手里，热气腾腾的。

跟往年一样，她一直受到大家的宠爱，可没有往常的驰心旁骛，她晓得他们个个疼她，她甚至想说一句感激的话，可是她在家娇气惯了，从小到大，没开过这种口。

大棚菜利润是高些，可不如想象的那么好卖，开头也吸引一些尝新鲜的，越卖却越不顺手，爸爸挑回来的剩菜越来越多。爸爸也不笨，他总结说，镇上的人吃惯了便宜的菜，五毛钱买一根黄瓜，他们也晓得算账呢：再添五毛，能买三两肉了。仿佛为了原谅自己的判断失误，他摩挲着筐子里的西红柿，自言自语：

换了我，也不舍得买。

有天晚上，良霞口干，睡不着，生病前她也总嫌时间过得慢，有时下雨出不了门，有时县城里的信几天不来，她免不了轻声抱怨，现在，她知道什么是真正的慢，反而一句怨声也没有。她到堂屋找热水瓶，走出房门，听到爸妈在谈心。

是帮二哥找对象的事。村子里差不多大的姑娘被捋了两个来回，最后妈妈想请人到宝霞家提亲。宝霞个头矮，眼睛有点儿小，都二十三了，肯定能说成。

妈妈说：

说成就要用钱，钱用掉了，怎么带良霞到县里检查呢？手上没钱我心里不踏实。

爸爸说：

承明也不能拖，形势一年一个样，去年王老六的儿子结婚，彩礼一千六就成，今年涨到二千八了，还另加酒水钱。

他们俩轮换着翻身，床板吱吱地叫，夹杂着粗重的叹息。妈妈说腰疼，爸爸想帮她揉，可是膀子疼得抻不过来，肩周炎不是一日两日了。

良霞的耳边出现嗡嗡的声音，她内心里的怨怼被更阔大的恐惧盖住：一场病把我身上的都拿走了，我又夺走了我大哥的前途，还拿走了我爸妈的安生，她胸口一阵发紧，晃一下头，想把这个情景赶走，却又瞧见自己成了凶手，她腰上揣着刀，紧追着二哥，直把二哥追成了一个老光棍，蓬头垢面，衣衫褴褛，鞋子拖在脚上，一副邋里邋遢的样儿……

她轻轻地拉开门，三月天还冷得很，她平日是要十分当心的，就算上一趟茅房，妈也要给她披件外套，可是今晚，拉开门的时候，有意把夹袄脱在屋里，她在门前小心地踱着步，一阵小风一吹，她有点冷，双臂抱紧，却不肯进屋子。

门前的场地这么小，走几步就到墙脚，靠着路的外墙脚有处地势很低，先是长满了青苔，后来砖块碎了，到下雨天，水渍渗到墙里，又晒不到太阳，久而久之，那地方越来越潮湿，要是往年，家里人是顾得到这些，怎么着也运些砖来补补的，这几年，家里人个个累到喘不上气，就由着它了。今天晚上，湿气特别重，带着腐烂的霉味，良霞的心上泛起了一阵阵的恶心。像有什么东西堵在喉咙口，吐又吐不出，吞又吞不下。她打了一个冷战。要是现在切断自己手上的筋，那一定不会惊动任何人，而且，淌出来的血并不会是红的，月亮底下的任何东西，都没有颜色。她想这世上有没有一种药，往嘴里一吞，面目不改，头一歪就死掉，根本看不出是寻死的。

她缩起肩膀，眼睛闭起来。听到模糊不清的树枝打在屋角，发出窣窣的节拍声。天灰灰的，窗户也灰灰的，她睁开眼，感觉到灰灰的手指上没有力气，全身都没有力气，又像什么东西拽住她的脚，进又进不得，退又退不得。

过一会儿，腰就撑不住了，她轻轻地跪到地上，两只脚相互帮忙，蹭掉了自己的拖鞋。寒气顺着她的膝盖往两头走，她把手臂贴住地面，额头也贴住地面，乍一看像是朝拜，事实上她冷得撑不住了。

到底母女连心。妈妈不多久就到良霞房间瞧女儿，才找到支在墙脚的姑娘，整个身子冰凉发硬。妈妈的尖叫把一屋子人都叫醒了，她不是小题大做。良霞真快不行了。

这回她烧到40度。赤脚医生一趟一趟跑，一来二去，到底又花掉了爸爸好不容易积攒下来的全部。她一万个不想叫家里再破费的，她心里清楚自己这错没法补救了。她不喝水，水喂进去，从嘴角两侧淌出来。她也不饿，她也不疼。她直挺挺躺着，她等着。

当不了英雄，也不做拖累。

江心洲有两个拖累。一个是方达林，得了肝腹水，肚大如鼓，可又死不掉，一天到晚要人服侍，他的哑巴老婆里里外外都要忙，累得像狗一样舌头吐出来喘气。还有一个是陈五常。他没儿女，自己又死不掉，经常涎着脸东家借西家摸，头上长疮，腿上流脓，人见人嫌，狗见狗躲。

妈妈揪住根稻草不肯松手。她附在女儿耳边，摸着女儿的头发，她的脸抽搐得变了形，吐出来的字被哽咽和泪水糊在一起，明知女儿听都听不见了，她反而越发想说话了：我的儿，这个年纪就走，再怎么说体面，也不是体面，活到老就是体面人，是娘老子的体面，是一大家子的体面。我的儿，老话说，三十年河东，三十年河西，明天的事难讲得很。

到底男人更理智。爸爸不知道从哪里又搞到一笔钱，请了木匠在打棺材。刨子锯子斧子那些声音一直在响。

良霞的意识模模糊糊，手心被拉到妈妈胸口，她手背上的骨头戳到妈妈胸上的皮。那里曾经奶过她，如今薄得兜不住心脏。女儿死在娘的前头，说到底，没有比这更大的不幸了，女儿这口气快接不上了。神志不清的临终之人别的都看不清，独独看清了妈妈胸口的那个窟窿，她奋力呼出了一口气。

棺材打好后用塑料袋子扎得严严实实的摆在西侧屋檐下。

第二年年底，承明在山里头寻着了个姑娘。姑娘皮肤黑，身子短，比二哥矮了一个半头，还胖，下巴贴在胸口。二哥站在门口望江面上的拖船，妈妈就站在他身后做工作，叫他学着点大哥，让他想一想妹妹。妈妈的背影佝偻，白花花的头发随随便便地绕在脑后，她当初也是大美人。良霞爸爸经常说孩子们都有福，都像妈，其实他自己也相貌堂堂。如今，这些都显得微不足道了。

怕夜长梦多，没等村上批下来地皮盖新屋，就急急操办了婚礼。

爸爸妈妈想让出睡了一辈子的那间给儿子做新房，新娘子挑剔，要良霞的这间，良霞搬到妈妈房里睡，打地铺的变成了爸爸。打地铺不是个事。兄弟两个看不过去，把东边菜园子整出来一大块，接了间偏屋。里头勉强放得下一张三尺宽的窄床，爸爸进去绕一圈，头要弯下去一尺多，越往里，腰弯得越深，坐到床上，头顶住屋架。良霞不声不响把自己的身体挪了过去。爸爸过来喊她回大屋，良霞说：

妈跟我睡，脚都伸不直。我也怕她翻身踹到我，我情愿一个人睡。

跟惯常一样，良霞的话，爸妈都依着。

这回挪地方，那张邓丽君的像没保住，糖纸做的帘子也灰了。不过，她早就不计较了。江心洲刚通上电，大伙都不内行，不敢乱接电线过来，她仍旧用煤油灯照明。床头放着收拾整齐的人造革箱子，箱子里放着一些信件、几件前几年还时新的衣服和一个装着发夹和粉饼的饼干盒子，另外还有一只硬皮笔记本。初中就带在身边的，里头抄着几首喜欢的歌词、几首诗，还有对几篇文章的读后感——不成熟，尽是憧憬和惆怅，都旧了。可是这个房间，更容易闻到花香。她刚刚闭上眼睛，就听到了丝瓜藤的沙沙声——黑暗之中微弱的低语，像情人的呢喃。到了天亮，新鲜泥土的香气芬芳、清新，二十多年，像是第一次闻到。妈妈到菜园里浇水，一瓢瓢夹着粪液的肥水泼到菜叶上，这是生命的气息，生活的气息。有回她梦见自己突然能走了，脚步轻盈，从这个门口弯腰出去，经过栅栏两旁上了小路，径直奔向渡口，三轮车也不要，靠了两条腿，停在那个人的窗口。在她身后是初升太阳的亮光，在烟雾和尘沙中闪烁着柔和的色彩。

没过多久，她就习惯了矮和暗。移除一些念想，人就到达自由。说真的，她觉得没什么好害怕的。屋子虽小，还不停地有东西往里塞，一只床头柜，二哥给的。大哥的境况也有了变化，他跟大奎合作得很愉快，两个人很谈得来。不过家里说了算的是大嫂。她在困难时候进了这个家门，不能忘恩负义。她把赚到的钱拢在手心里，心思还在申请地皮上，想搬出去单过。地皮的事一拖再拖，她就先买了电视机，房里不用的旧东西放到良霞屋里来。每天下午的夕阳照进来一阵子，照耀着静如止水的脸庞、发了霉的旧书和生了锈的铁架子。

有一阵子，二哥二嫂干架干得厉害。起因是一件小事。他们到镇上赶集，承明一个人甩开步子走，他走得贼快，二嫂想拉一下手都拉不到，好不容易赶上了，他又不愿意跟她肩并肩。一回两回，做妻子的明白，丈夫是嫌她。最可恨的是晚上他不碰她，拿脊梁背对着她，一开始她忍着，后来开始抱怨。抱怨能有什么好结果呢？事情摊开就跟脸皮撕开一样，她疼得半夜在床上尖叫，摔热水瓶和灯罩，男人懒得应战，怒气让女人更强大。她把全家和邻居都吵醒，大家都清醒起来了，她自己却倒头就能睡着。第二天，她起得还特别早，撒玉米粒在地上喂鸡。咯咯咯……鸡们欢快地啄她的手，她夸张地躲闪，哈哈大笑。这样一来，家里没一个睡得好，二哥更是变得蔫头蔫脑。有一回，良霞看到他踢翻一只猪食盆子。什么屌日子。他嘀咕。二嫂几年没生出一男半女，换了旁人，会急，会惭愧。她没有。大嫂又生了二胎，是个女孩，被罚了两千多块。大嫂心疼钱，坐在床上垂泪，不肯给孩子喂奶。二嫂帮着洗尿布，哄小婴儿睡觉。

过了几个月，良霞见着了二嫂的爸爸，他过来借钱买肥料。二十里的路，他走了四个钟头。良霞那天能起来，她坐到门边的竹椅上晒点儿太阳，看着老年人摇摆着肩膀一纵跨进门槛，原来老人家得过小儿麻痹症，一条腿又细又短，走起路来瘸得厉害。良霞望着他用手背抹脸上的汗珠子，想得到他这一生走得多么艰难。吃过午饭，绕了半天弯子，才说出是来找亲家借钱买化肥，田里的稻秧等着肥料养。良霞心想，难怪这门亲结得这么顺：瘸腿家的女儿懂得将就家里有腰子病妹妹的男人。这才是门当户对。

二嫂吵来吵去，爱情没要到，怨恨却更深，再后来，吵闹成了家常功课。这样一来，全家每个缺觉的人脸色都发灰，个个白天都没精打采的。到了晚上，都快快上床，想在这两口吵架前先睡上一觉。没人站出来说话，旁人都等着这家人跳起来，说理，咒骂，可是经历了生死的徐家人，并不怎么在意小吵小闹。良霞心里清楚，自己能活，对家人才是大事，旁的都是小事。

其他人都是等他们一吵歇，赶紧闭眼睡一睡，可是最需要马上休息的良霞，每回在二哥二嫂吵完后，静静地想上半天。她不像人家以为的那样一味站在二哥一边，她晓得二嫂心里难受，可是，一想到二哥这样心高的男人搂着这么个形象睡，她也替他抱屈。她想想就叹气。人世间的苦，哪里只是病得卧床这一桩？

火药味弥漫，病人反而被忽视了些，被忽视反而自在，有一阵子，良霞能出来走走坐坐了。见到门前有几泡鸡屎，也能拿起扫帚扫两下。

有一天，妈妈心血来潮，要带良霞到大棚里看看。麦苗和油菜都散发出清香，麻雀叽叽喳喳的，她克制住腰上的疼痛，想多停留片刻，妈妈怕她腿上没力，扯了根树枝，让良霞拿着撑一撑地。良霞看了一眼，抿了一下嘴，把脸让过去，妈妈只好放下挑篓，跟在女儿后头，关键时候扶她一下。

快要到家的时候，良霞一抬头，瞧见了三大队的腊梅正往渡口方向走。几年工夫，那姑娘大变了样。头发烫成了爆炸，穿了条勒得很紧的裤子，腿形一览无余，可是不直，也不细。完全的模仿。她手里拿着一把黑色的雨伞，那天看不出要下雨，太阳也不辣，那雨伞使她显得不伦不类。腊梅也瞧到良霞，好像被吓着了，两只眼睛瞪得大大的，看上去还是愣头愣脑的。到底年纪还轻，看到跟自己想象不一样的都会大惊小怪，良霞想。

很快，良霞就明白腊梅认出自己来了，她脑袋向两边转了转，想找到藏身的地方，可是庄稼地里正空旷，她来不及了，两只脚只在原地动了一下，然后索性停了下来。良霞经过她的身体左侧，感觉到这姑娘的呼吸声特别重。

有一天，二嫂跟二哥又在床上吵。爸爸被吵醒了，见天黑漆漆的，以为天快亮了，就起来挑担子去卖菜。走到渡口把摆渡的喊起来，天还没透白光，船是黑的，水面也是黑的，他估摸着往前一跨，一脚踏空，一头栽到水里，菜篓子翻到他身上，把他罩在水底下。船上又没旁人，只有摆渡的憨老三，憨老三并非浪得虚名，他乐了半天，对着水里说起话来：

菜撒了吗？天亮我捞起来归我。

没人搭腔，等了半天，才觉得有异，他放下桨，跳下去把人拽上来。跌下去的时候，良霞爸爸的脑门剐到锚上，脑门上有一道筷子长的大口子。他被抬到镇上的卫生院包起来，又抬回来，打了消炎针，灌了消炎药，却一直没有醒过来。

良霞耳朵尖。大家想瞒着她，她自己爬下床，扑到爸爸身上。

死的时候脸肿得不像个人，一句话没交代，只在最后一刻喊了两个字：良霞！

良霞紧接着昏死过去。爸爸的衣裳被剥下来挂在门口晒，有细心的人到口袋里掏沾在一起湿淋淋的毛票子和硬币出来，送良霞到县里住院。

她被板车拖回来的时候，爸爸和屋檐下的棺材都不见了。

4

爸爸死后，妈妈待良霞比往年更好。热天要帮她擦三回澡，怕她长痱子。冬天两天晒一次被子。夜里她起来给良霞换三回水焐子。她本来想把良霞从偏屋里挪到正屋里跟她一起睡，大孙子被他妈妈赶到了奶奶床上。小孩子在她脚头哭着睡去，又哭着醒来。她用老皮皱拉的手摸摸孙子的小鼻子小额头。她又有什么法子呢？她本来就不是个喜欢找事的人。

她一句话也不多说，她本来就不管事，何况还有个生着病的女儿。这个媳妇还算厚道，换了厉害的，早就摆臭脸给她们看了。

真正揪心的还是钱，她年纪大了，又不当家，现在的重任也是带孙子孙女，往年手上没攒到什么，想到良霞哪天又要发作，常常会陷入一筹莫展之中。正在这时，村里许多人又开始信佛，她也跟着去了趟九华山。回家后，每月初一和十五，鸡叫三遍就起床，嘴里念念有词一番，开始是一刻钟，可能是不晓得怎么样跟菩萨沟通，又去了一趟之后，了解一些典故，对菩萨有了更多的期待，跪在地上的时间也就长了，有时一跪能跪一个时辰，忘记煮早饭。

她求菩萨保佑的事情经常有矛盾。她有时想求菩萨再给女儿十年的寿命，想到女儿年纪轻轻，荣华没见，富贵未享，就这么早早地去了，她心头难受，可是转念又想，她怕自己过几年没了，女儿在世上，谁来给她洗衣，谁来给她晒被，谁给她倒水，谁帮她抹身子？这个时候她又恨不得女儿死在自己前头自己才敢闭目。她就是这样左右为难。有时想叫菩萨让自己多活几年，能照顾女儿，又能照看儿孙，可是又怕菩萨怪她贪心。时不时又会说：我们家良霞，从小没碰过桶，不晓得柴米重，不晓得油盐贵。我们良霞，没瞧过人脸色，向来都是人哄她，她不晓得拿话哄旁人，不是我贪图，是我放心不下。期期艾艾，欲言又止，便不像另外的信徒那样坚定，求菩萨保佑发财、平安和富贵，永远不更改。

有一阵子，良霞很愿意配合妈妈。她被扶起来双手合十朝着堂屋上的三炷袅袅烟雾躬身三拜。

她虽然不像她妈妈那样崇敬之情挂在脸上，但她口中念出“菩萨保佑”时仍觉有一道奇异的光芒，贯穿她的身体。

有几天，她神清气爽时寻思着是不是她的诚意感动了菩萨，可是她没来得及更虔诚时，一场雨一下，她又直不起身子了。

良霞身上还有许多其他症状。比如耳鸣，却又不是通常的嗡嗡声，像是有人在耳边嘀咕，又像是远处有人在呼喊，侧耳听，侧身等，却又什么都没有。无法明白那是什么声音，也不知道那声音来自何方。

有一阵子，她在黑暗里自言自语。妈妈等在一边，想听到与吃喝冷热等有关的词，可良霞的声音不是向外发出的，也不是说给她听的。

逢初一和十五，她妈妈再喊她起来烧香拜佛时，她会把被子往上拉一拉，做妈妈的明白，这就是不肯的意思了。

做妈妈的不死心，她劝女儿说：我昨天还觉得头疼，今天早上拜了一拜之后感觉好了许多，还有我的腿，前几天一直酸痛，今天也不痛了。

那些其实都不是她真正的痛，她真正的痛处在她自己身体外头，在她的眼皮底下。良霞懂。她听话地侧过头，挨着妈妈的臂膀，下床，跪下膝盖，双手合十。

有天夜里，妈妈听到良霞在唱歌。一年多来，这是良霞第一次开口唱歌。她的声音虚弱，歌声飞进寂静无声的黑暗，绕过枝繁叶茂的梧桐，洒向黑压压无边的苍穹，然后，又被婉转地带回来。

没有人留意到她字正腔圆的发声，那嗓音的优美也没有被肯定。他们只会就环绕在黑暗中的动静发出评价：

脑子烧坏了。

妈妈听到有邻居给出另外的总结：

可能药吃多了，更有可能是心里太难受。

突然有一天，家里来了一个老婆婆，坐在板凳上闲扯了很久，吃午饭的时候还不走。妈妈急了，家里又没什么好菜。老婆婆讲了实话。一大队陈宝发，看中了良霞，想娶她回去。

哪里是个宝啊，好吃懒做，偷鸡摸狗。娶过一个四川的，没过上两个月，活活被他气跑了。

良霞是要死的人呀！妈妈的脑子里兴许想到了光棍的邋遢相，声音不免悲凉，夹杂些愤怒，她并不真的觉得良霞快了，可是她本性良善，不想伤人，一时口急，就说了出来。

来人早有话说：他说了，不在乎，良霞这么漂亮，能做一日夫妻就做一日夫妻。做半天夫妻都是他的福气……他愿意替良霞送终。

她们都以为良霞没听到。

病着的人耳朵好，良霞在自己房里好半天才把那光棍跟自己勾上。她记起先前他娶过的四川女的进了那光棍的房，哭哭啼啼地走出来，对着江滩喊那个光棍：

找不到舀水的瓢，你家的瓢呢？

老子烧水都是拎起桶往锅里倒，哪里用得着瓢？

他瞧不起四川女的，在人前要装得跟大爷似的，一直到四川女的走掉之后，才悔不当初，穷得叮当响，还端着假模三道的大爷气派，现在，他四十了。

良霞只感到有人往她的脸上挠，把她脸上的皮都撕掉了，脸上只剩下血和肉；又仿佛睡着了被人拖起来，往她的脸上扇巴掌，扇得她一时摸不着方向，头晕目眩。什么个世道，一不小心，就被剥落得一点不剩。她的身子抖动起来了。

二哥本来在他自己房里，突然冲将出来，拎起墙边的锄头就要砸这个老太婆，妈妈一把拽住。他气咻咻地发出一声吼叫：

滚！

老婆婆还是小脚，见势站起来走人，她说，我不过是传个话，我是说不该来，不该来，作孽，我都这么大年纪了……

那天夜里，良霞坐在床上，一再回想二哥那双血红的眼睛，发抖的怒吼，他自己过得那么糟心，有人接手这个药罐子，他还像宝一样护。她一再地回想，想到心里麻麻的，脖子和手腕都麻麻的。麻麻的感觉从外往里，不一会儿，把人就裹住了。巴掌大的小窗户外，远远的天上有飘移的云彩和闪烁的星辰。她死盯住偏房外的芦柴草堆，草堆里挤着一条狗，狗身上沾着树叶、粪便和邋遢人的鼻涕。菜园边的栅栏朽了好多地方，鸡鸭们都从空隙里钻进去吃菜，妈妈不会修栅栏，哥哥忙得没空，只在菜园里竖了一个稻草人，给它穿一件透明的旧雨衣，他们不晓得，夜里风大，旧雨衣掀来掀去的，良霞听那声音心里就发憷。现在，她的心反而感觉轻松许多，她的身体紧缩而敞亮，生发出一种无言的力量，让她又惊又喜。

不久后的一天，两个嫂子吃过饭都下地去了，妈妈也背着侄子到地里帮忙，良霞迷迷糊糊正睡着，听到雷声隆隆，她刚坐起来探到窗口一看，豆大的雨点就砸下来。

小侄女的摇床就放在门口，本来是想给她凉快凉快，雷声把她惊醒了，雨点让她的小眼睛睁不开，急得哇哇大哭。良霞一急，掀开被子就下了床。拖回侄女的摇床，望到门前还晒着棉花。棉花淋雨就变黑，一级变三级，三级降五级。还有一家人的衣裳还晒在屋外。她拿只篓子，三把两把将棉花拢进篓子。篓子卡在门外，良霞试了几次还是拖不动，眼看雨点直往棉花上砸，她一阵急火往上攻：蚂蚁尚且搬粮食，我却在这里干瞪眼?

一发狠，篓子被拽动了。

衣裳也都从晾衣绳上扯进屋。

妈妈气喘吁吁赶到门口时，良霞已经回到床上，脸色苍白，浑身发抖。

良霞，摇床是你拖回去的？

嗯。

棉花和衣裳也是你收回去的？

良霞点点头。

没人帮你搭把手？

没人。

谁说我良霞不中用了？妈妈突然两眼放出光来，对着随后进门的大嫂连声说，我回来的时候她已经全收进屋了，一滴雨点也没淋到。

良霞心想，真是会夸大，几滴雨点还是淋到了。

她瞧见妈妈脸上那光持续着。她的光一直被遮挡着，如今却突然地露出来，她的唇角露出了自豪。妈妈高兴，那光变得沉默而明亮。

再过几个月，说不定她就能洗衣做饭了呢，妈妈真敢想，这话都脱口而出了。大嫂也觉得高兴。她说，以后大孩子不用往地里带了，妈妈你还能腾出手帮一把。

是的，是的。妈妈高兴得跟什么似的，连声答应。屋外风声四起，雨点打在空空的芦柴席上，发出啪啪啪的声响，清脆，明亮。

良霞尝试着给他们更多的惊喜。有次她到江边淘米做饭，摔倒在坝下；还有一次，缸里没有水，她提一只桶到江边拎水，勉强拎回小半桶，躺在床上三顿没吃。

有好心的邻居透信给良霞妈妈，良霞这情况是可以领救济的——

一年一百多呢！

这笔钱不是小数目。要是不用写申请，她自己就能偷偷办，可是要打申请，儿子又不在家。这家人几十年没有跟任何人伸过手了。尤其是公开地，让整个江心洲人都见证他们伸手。妈妈晓得良霞自尊心强，费了好大的劲儿，才敢把这意思说给良霞听。

妈妈身上的衣裳，件件大得挂不住肩。她那苦涩的眼睛，佝偻的背，良霞不想瞧也得瞧。什么脸面，什么意义，哪一样有比让妈妈的痛苦少一些重要？就是那一瞬间，她明白有一种看上去了不起的东西其实没那么大不了，那所谓最值钱的并不比此刻妈妈想让她去要的更值钱。

找支笔来。她轻声地告诉妈妈。写的字出乎意料地难看，已经很努力了，誊了两三遍，看上去却还是像小学时候的字。

专心致志的时候，她忘记想那什么过去和将来，写完了之后心里头跟腰部一样麻，时钟的嘀嗒声却不那么刺耳了。

救济款没有办下来，妈妈就去了。有天夜里，良霞听到妈妈轻声的呼喊。她扶着墙到了妈妈房间。一拉开灯，瞧到妈妈惨白的面色，良霞愣了好大一会儿，才慢慢蹲到床边，她问：妈，你怎么啦?

妈妈咧了咧嘴，聚了聚气，才小声地说：

妈妈不中了。

良霞没有听懂的样子。这么久了，家里正式等着的都是自己的死讯，她经常会想到妈妈伏在自己身上哭泣的模样，从来也没把“死”摁到妈妈头上。那夜里，外头的风又大，她脑子一时转不过来，只是怔怔地望着妈妈。妈妈接着说：

以前我不放心你，现在我晓得你能管好自己了。说完又是顿了半天，才接着说完了下半句：

现在我不放心你爸了。

她把手伸出来，想摸摸女儿的脸，手没到良霞脸上就耷拉下去了。

江心洲实行火葬了，妈妈被抬过江装上一辆拖拉机，突突突开到火葬场。回来的时候，哥哥手里捧着只坛子。

后来良霞一直在回想，也没想明白妈妈哪天开始病的，没见她哼哼，也没见她歇过半天。她只是猜测，妈妈喂她吃药的时候，自己的胃正疼着；妈妈帮她擦身子的时候，自己的胸口难受着；妈妈为她煎一个鸡蛋，盯着女儿吃进去才转身，她自己正需要营养。她年纪并不老，可是已经不顾及自身了，开春也好，严冬也罢，她总是有许多事要忙。除此之外，就是陪伴女儿，她守在床边，好似仆人，让她的女儿，即使奄奄一息，仍然像个公主。

妈妈烧成灰的那天晚上，她进了妈妈的房间。没有开灯。江心洲早通电了，可妈妈舍不得用。她的床头有一盒火柴，良霞在黑暗里划着了一根火柴，一点火花照耀着她的胸口，她把光亮拢在手心，火光穿透指缝，照亮了她的手背。

头七过后，大嫂帮着良霞收拾东西，床铺上，旧桌子底下，扫不出半点灰，旧报纸码得整整齐齐的。大嫂当时夸她说，你生着病，居然拾掇得这么清爽，其实往后家里有这一半干净就行了。这看似无心的话，良霞听出了两层意思：一层是肯定，一层是收留。想到往后还有地方收拾，她感到了自己的运气。

这以后她但凡有点力气，就惦记着针头线脑的位置。有天想把鸡笼清理干净些，掏到一半，她没力气了，蹲在地上，她感觉到自己像棉花一样柔软的臂膀，鼻子发酸，把脸埋到胸口，轻轻地抽泣几声，哭比笑更费力气，她忍住了。要生蛋的鸡观望了半天终于等不及了，从她胳膊上扒拉过去，坐进窝里生蛋。

家里没人时，她倚靠在床上，身子微微探出来，床边放着把锄和刀，她会用一下午的时间，把它们擦得亮锃锃的，她喜欢这种清爽。只要想着他人会欢喜，她就有了些干劲儿。

5

两个哥哥都想搬出这老屋，可结果还是二哥得了机会，七大队有一户人家到上海开理发店去了。这户人家立志不回来，坝上两间旧屋，连地皮和菜园子作价五千就卖。二哥二话不说，跑到村主任家里，请他做中间人，准他一个月，然后东挪西借，在规定时间内把钱送到人家手里，从家里搬出去了。

搬家那天，乱糟糟的。承明只搬走了自己房里的东西，大哥提醒他屋檐下几棵树能带走打几样家具，二哥没接话。妈妈房间里两只旧箱子，大哥搬出来递给二哥，二哥瞧了瞧，摇了摇头。碗筷总要带几只吧？大哥急了。

二嫂正想接茬，二哥瓮声瓮气地顶回去一句：

我自己买。

你哪里还有钱，良霞心里也急，这几千块还不知道怎么筹到的。

妈妈床上一盖一垫两床被子，大嫂让二哥带一床走。

给良霞盖。二哥声音粗声大气的。

这么正式地听到自己的名字，良霞愣了愣，装着没听见，把脸别过去。

没过两天，二哥突然回来了。送过来一只砖头大的录音机，还有几盒流行磁带。听厌了你就开收音机。二哥边说边教她怎么在收音机和录音机之间切换。自始至终，他弯着腰专注地摆弄着这个机器，并不与妹妹的目光交会。结婚之后，他就几乎不与妹妹说话，妈妈在的时候，猜测说承明娶了这么个老婆，害得全家不宁，妹妹不宁，他是觉得对不住人，又自卑。直到要走了，承明抬起黝黑的脸庞，他的眼光落在她的身上，马上又转开，他的眼睛忧郁而深沉，与几年前判若两人。她一下子明白他不敢看自己，她跟当年也完全不是一个人了。

这个收录机帮了她大忙，感到自己动弹不得时，收录机是通往外界唯一的门。她需要一些韵律、节奏和远方的传奇来驱赶或埋葬某些固定住的时刻、出其不意的疼痛，帮助她建立某种信任，或者验证某种怀疑。收音机成了她的朋友。她坐在床头桌前，侧着耳，听。

搬家搬出了机会，卖房子的那户人家需要帮手，二哥立刻拍拍屁股也去了上海，干起了理发行当，把二嫂一个人留在家里，让她吵架时找不到对手，也找不到听众。

大哥的日子也明显好过起来，他跟大奎等八个人合伙买了一条打沙船，月月能分红。他给老婆买了一条金灿灿的链子套在脖子上。大嫂也是实在人，她到小姑房里扫地，腰一弯，那条链子露出来，晃悠晃悠。她咧开嘴笑，喜人的。天一热，他们买了电风扇、彩色电视机。大嫂喊冬天洗衣裳手冷，大哥又拖回来一台洗衣机。良霞装着不知道花了好几千，她不点破，为了省电，自己的衣裳还是用手搓。大哥身板壮了一些，胸膛挺得高了些，说话的口气也跟往年不大同，底气足，有劲道。

大家都以为他要盖楼房了，结果大哥自有打算。他不在江心洲盖房，他要到县里买房。他叫儿子好好念书。儿子小声地顶了一句嘴，良霞听到大哥幽默地对他儿子说：

嗯，你说得有理，要不，就依你？

口气挺和气，却自有威严，没有半点回旋的余地。那小子晓得这关过不了，老老实实到镇上念初中去了。

大哥家那个超生的小姑娘叫若曦，一天比一天漂亮，她的眼睛黑白分明，睫毛又密又长，她的鼻子秀挺，皮肤雪白，她一张口，稚嫩的嗓音带着微微的娇嗔，既天真又傲慢。人人见到她，都想过来亲她一口，都想着给点儿饼干什么的讨好她。美是有无限的力量的。大人们抚摸她的脸蛋，拿最温柔的眼神瞅着她，赞叹不已，甚至有许多经过的陌生人，不由自主地停下脚步，看着她，深深地看着她。

跟她差不多大正处在调皮阶段的男孩子也一样，一见到她，都显得比大人还矜持，这样的事不是一回两回，差不多个个如此。门前下过一场雨，有个地方有些泥泞，那孩子想出门玩，却又舍不得她的鞋被弄脏，她站在那里，比画了一下，就有个孩子扑踏踏奔将过来，不管自己的小腿也跨不过那个坑，抱着她趔趔趄趄地走。

良霞是亲眼目睹了美的号召力，她第一次对于容貌上的美有了新鲜的体验。她甚至自己也在心里奔了过去，搂住那个小仙女，不让她沾到一点点的污泥。

这个待遇和她的童年何其相似。

到现在还没有人对她的要求置之不理。那孩子一天天地明白了自己的美。她的小胸脯自觉地往前挺起来，她把她的所求放在她的脸上、她的眼睛上、她的嘴唇上，她为着某个目的撒娇的时候，自己都感到了一种谜一样的吸引力，并且这吸引力带给她许多幻想。有人的时候，她总是扑闪着她的大眼睛，等待怜爱，仿佛想不断地、不断地因为这美而得到更多。

有一天，这漂亮孩子走到她床边，想让姑姑帮她拧开可乐瓶子的瓶盖。

谁给的？她问。

他们。

她说话的时候并没有在思考，她是心不在焉的，良霞一接触到她的眼神，就知道她真没记住是谁给的。对她来说，谁给不重要，到手的就是自己的。良霞突然感觉到一种难堪。她接过可乐瓶子，并不急着拧开瓶盖，却只是对着瓶口闻了一闻，然后小声地对小姑娘说：

这瓶里的水有毒。

那孩子疑惑地看着她，过了半天，突然害怕了似的，哇的一声哭着跑开了。

这之后她们开始交恶。良霞不许小姑娘吃任何旁人给的，就连赞美的话，她也会趁其不备地将它夺走：

他们统统在骗人。

这个时候，孩子是抗拒的，她不只是抗拒，简直是惊慌了。她本来心情甚好的，到了姑姑这里，都被排挤，甚至是被蛮力驱赶掉。

她毫不掩饰自己的不满，颠颠地跑开了。

那孩子，不是一般的聪明，深深晓得自己有别人没有的。但她以为这就是永远的，谁都夺不走的，可是有一天，她要是晓得自己错了，可有多难熬？瞧着那孩子躲避她的目光，一种微妙的近乎羞耻和惶恐不安的恐惧压倒了良霞。这恐惧跟以往不同，她自己都摸不到门道，更说不出口。

夏天的时候，她妈妈开始每天早上煮一只鸡蛋给她增加营养。可她挑剔，只肯吃蛋白，蛋黄闻也不闻。遇到这种时候，她妈妈总是哄几下，可是小姑娘已经深深懂得自己的魅力了，她会抬起那楚楚可怜的眼睛，微微地扬起尖尖的小下巴，微微张开小嘴，轻轻地哼一声，她的妈妈立刻就会败下阵来：

好吧好吧，那明天一定要吃。

终于有天早上，帮她剥蛋壳的是良霞。吃完蛋白之后，小姑娘的嘴不肯动了，可良霞没有歇手的意思，继续往她嘴边递。那个孩子凭着往日的经验，抿住嘴，在姑姑的手想强行塞的时候，她先是抗拒地把头扭转到一旁，然后一步步地往门外退，试图逃跑。

良霞一转身堵在了门口，以平常从没有过的严厉口吻命令小姑娘：

吃。

求饶不能求饶，叫喊不能叫喊，那孩子左顾右盼，门口一个救兵也没有，她只好张开嘴，接过姑姑掰开的鸡蛋，嚼也不嚼，全部吞进了喉咙，委屈的泪水顺着粉嫩的面颊大颗大颗往下滴。良霞几乎也被打动了，她终究板着脸，一句话也没说。

良霞看着小姑娘嘴里一点也不剩下了，才让过身子。

这件事，直接影响了她跟大嫂的感情。她不知道小姑娘怎么到妈妈跟前哭诉，最有可能她是一个字都没有说，她可能只是掉了几滴眼泪，大人的心就碎了。大嫂也不来问原委，原委也显得不重要，她只是交代良霞，以后不要让她哭啊！

大侄子到县里念书那几年，风平浪静。大嫂把地转给别人种，别人代缴农业税。她自己，带着女儿三天两头到县里看儿子。手里牵着天仙一样的姑娘，时不时就有人侧目，甚至有人问她们是不是母女。世态炎凉，她的自尊心受了好几回伤，不知不觉学会了打扮。最碍事的是那口牙，女儿在手上牵着的时候，她尽量不笑，可是哪里忍得住，总有人上来夸那小天仙，她笑着笑着就不好意思，就抿住嘴。

好日子也不是没有惊险的。良霞又犯了几回，有一回是从椅子上跌下来，倒地时，她拉住了椅子背，椅子被扳倒，是那种老柳树打下的结实椅子，椅子砸破了她的额头。那天家里，只有她自己。那时搞全民医疗，不远处有一户的房子，改成医疗室，她捂着额头去了医疗室，坐在一群拄着拐杖和一口等不得一口咳嗽的老年人中，她包扎了额头，慢慢往回走。那些老年人，她个个都认识，其中有些人，说过大话，一定要娶她过门做儿媳妇，其中有一个，嘴角全是疱疹，口水沾在胡子里，可是他的目光掠过她裹了纱布的额头，还是那么不忍看。

头上的痂才结，紧接着又犯了一回，上门的赤脚医生说起了大话，他说熬不过今晚，让家里人守她最后一夜。她听见了，赌着气似的，身子紧紧地贴着床板，全神贯注地有节奏地呼吸，一声又一声。你不是更软弱，就能更坚强。她目睹时光从窗口经过，使窗帘的格子图案一点点清晰起来。医生睡眼惺忪地过来看她，惊喜地咦了一声，她碰到对方的目光，顿时有一种胜利的自豪。

不过，即使脸色苍白，疼得豆大的汗珠子往下滴，她也不像别人那样哼哼唧唧，唉声叹气，也不做出痛不欲生的样子来折磨人。有次脸肿得变了形，正好大哥的船回来了，大哥瞧她憔悴得厉害，担心大嫂虐待她，不给她治，不停地问长问短。良霞一声也不吭。既不替大嫂说好话，也不详细说明自己身体内的动静。

时间和思考改变了她的性情或想法，甚至她的记忆，就像浩瀚的大江主宰了小木船的命运。她体会到一种肉眼看不到的东西。那能被言语分解的事情到头来就不是事情，那能够哭出来的也不是真正的痛苦。真正的痛苦是长久的忍受，而长久的忍受对抗着真正的痛苦。它们在暗地里较劲儿。

大嫂还在那里申辩，说是良霞自己的主意。大哥不听，背良霞到镇上打吊针。趁着良霞睡着了，大哥站在诊所门口跟大嫂说话。他说，行船路上有个镇子上，有位六十多岁的孤老太太，一个人在家，有年捡了条狗回来养。哪想到这狗不省事，一窝生了四条小狗。她一个人养着五条狗，东家讨，西家要，硬是养活了这五条狗。这些狗不管她到哪里，都不离左右，前呼后拥，遇到可疑的人或不对劲儿的事，它们一拥而上，叫得整个镇上人心惶惶，久而久之，没人敢欺她年老体弱。镇边上有十里江滩，芦笋老是有人偷，越长越秃，都快成沙地了，因为这些狗凶悍、能干，它们的主人得到重任，被领导看中，让她看守十里江滩上的芦笋。这些狗不负重托，芦柴越长越茂盛，去年还有人到那里拍电视，这老太太现在月月拿工资，越活越威风。

大嫂叹口气说：这些狗，比人还能干，给人长脸。

大哥说：人家有善心养狗，才有好运。我们不能连个亲妹妹都不养。

大嫂一贯讲道理。她扑哧一笑，你还真误解了我，我拿良霞当亲妹妹的。

不是，大哥说，老二两口子不容易，本来他们也应该……

我不计较，大嫂说，你心里有数就行了。

紧接着出了一次意外事故，刮八级大风，偏屋旁边的一棵大树被刮倒，砸穿了良霞的屋顶。断了的檩木落在良霞的床上，若不是她缩着身子睡，脚踝怕是砸碎了。

良霞搬回到自己十年前住的北屋。北屋不是当初的样子，堆满了杂物，板车、旧自行车、录音机，甚至大嫂当年像宝一样护着的缝纫机也积满了灰土。里头放着的床是大哥淘汰下来的高低床，他们自己垫上了席梦思。梳妆台也搬了来，里头放着一只手表，爸爸留给大哥的，现在，表面模模糊糊，表针早就不动了。

江心洲那块任芦柴胡乱生长的江滩最近似乎大有可为了。有一大片被整平，堆满了从江西运来的木材，渐渐地成了一个开放的木材交易市场；江滩的另外半片，成了一个造船厂的作业现场，江心洲的船主的船也有好几艘是直接从这个船厂造出来的。有买卖的地方就有外人，操着江西口音的木材贩子，镇上的无业青年，甚至那些有些体面的城里人也渐渐嗅到了江心洲江滩上的商机。经过良霞门口的人慢慢多了起来。

有一天，她坐到门口晒太阳。一个男人从屋边的路上停住脚步，走到她跟前，盯着她的脸，突然喊了她一声：

良霞！

她一抬头。她认出了他。他们曾经在县城见过，他也是国营棉纺厂机修工。跟许多陌生人一样，他对她痴情得很，为她魂不守舍，她没正眼瞧过他。无声地拒绝他。他的情书，被她扔在江里，除了第一封看过，其余的拆都没有拆开。那个时期的回忆被掀起来了：她记起走过县城水泥路时更多的人那些巴巴的目光，那轻俏的口哨，嘴里发出的啧啧赞叹，有些人很流氓，有些人很温婉。她基本上都没正视过，的确没有。

她稳了稳，装着没听见，慢慢回到屋里，坐了下来，浑身战栗。她拿起包扎头的头巾，系到头上，仔细扎好，把露在额头的几根碎发塞进去，她需要拿起镜子，看看自己苍白无血的脸，来稳定自己的情绪。午后的太阳穿过树冠的间隙，把碎了的光洒到地上，影影绰绰。

她重新走回到门口，那个人还站在那里，眼睛定定地盯住她，她身后的房子。他如此不掩饰地端详着她的生活，眼珠子转个不停，连锅端似的。

她请他坐下来，问他怎么会到这里来。

他到江滩的造船厂推销一些材料。他早就下岗了。他比她更震惊。他一直说想不到在这里遇到她。他不提她被毁的容貌，她也不提他们共同认识的一个人。过了几分钟，她想起来要倒杯水招待他。她烧好水，倒进茶杯，端出来的时候，他便开口告辞。他得趁管事的今天在，把事情谈妥了。

没办法。他拍拍手上提的黑色皮革包。我们这一行，就是专门见缝插针找人的。

他的公文包里放着他的辛苦和希望。他让她瞧一眼，又确定她瞧不出什么名堂。

一阵风吹动着晾晒的被单，被单上的碎花，一时花了她的眼。

回来的时候，天已经快黑了。他可能没能谈成什么业务。脸色灰暗，夕阳的余光映照在他的皮肤上，使他比下午更老一些，满身疲倦。

不知何故，他还是勉强自己站在门口聊了几句。

今天碰到你，真像做梦一样。

哦。这抒情的调子多么陌生而新鲜啊，使她不知应作何态，只是低下了头。

我差点儿为你死掉。十年了，我都还记得自己的蠢样子。可惜你瞧都不瞧我，说不定，你到现在还没想起我的名字。

他说的是对的。她的确不记得他的名字，但她相信他的话。

我当时不懂事。

她不想道歉，但这句是大实话。

他耸了一下肩膀。她看到他腰上挂着一只 BP 机，但没有留下号码的意思。

他再次看了看她，转过身去，走向回县里的渡口，她望着他藏青色西装，他的后背单薄，走路还有点内八字，皮鞋磨损很重，鞋跟靠里一侧明显比外头的要矮。他没有回头，匆匆忙忙，赶着路。

她并不清楚他的意思，同情、怨恨、嘲弄还是惋惜？他也并不明白她的真正处境，他没有给她更多的机会说出她的处境，以及这处境所带来的变化，无论如何，这对他实在太无关紧要了。

他扬起的灰尘平息下来。她挣扎着整理晒干的红辣椒，清扫灰尘和落叶。

6

进了城的二哥每年回江心洲两趟。每趟都来大哥家坐一坐，每趟回来都说为了离婚。一开始是一种意志，后来成了习惯。他的妻子，一开始抗拒着离婚的要求，过了几年，渐渐死了心，等到她明白强扭的瓜不甜时，十多年的光阴已经没有了。她按捺住某种愿望，把心思放到粮食和蔬菜上。她一个人种两个人的地，空了就去镇上打短工。一个人吃饱了全家不饿，独自生活反而使她精神了，她在别人眼里漂亮了，温柔了，人缘好了。

这一年，二哥照例回家，跟她提了离婚。她点头同意了。

二嫂说，这些年也苦了你。

那不是真心话，她有这种境界，也算不错。他象征性地客气了一下，他说不苦，苦的是你。

她说，时代造成的悲剧。

这话使二哥感到惊奇了，她有这样的觉悟真是很难得，他在外面见了世面，她在江心洲居然也看出了门道。

他们友好地商讨着财产的分配。她说她可以回娘家。他说你现在回去，哥哥嫂子不嫌你吗？反正我不回来，房子给你，又不值什么钱。

她说，你没有房子，没有儿女，往后你老了到哪里去呢？

没有房子是事实，没有儿女也是事实。她专拣事实跟他讲道理。男人在外头除了这两样还有许多事可干、许多乐子可寻，她都装着不知道。

这个失意女人的脸在江心洲的强烈光照下，显得粗糙，皱纹和斑点很多，但是多年没有吵架，她显得温和、明理和宁静，她的肩背很结实，个头矮小，有一种经历了大风浪后的开阔和从容。那一瞬间承明想离她近一点，他想把手搭到她的肩上，被她让开了。说好吃过中饭一起去乡里办离婚，整个上午，承明无所事事地坐在板凳上，照耀着他老婆的阳光也照射在他的手背上，他局促不安，仿佛一颗定了中午要爆炸的炸弹在他脚边。从来没有过这样的感受，至少在这个地方，这种感觉是新鲜的，他并不指望这个地方让他感到舒服，但他现在发现他不能失去。

照理说，他还没到为年老之后忧虑的年纪。再说，他离乡多年，目标是开一家自己的理发店，做一个有资产的老板，衣锦还乡与否他并不介意。他也不太顾影自怜，跟父亲那代人不一样，他们这一代人，梦想浪迹天涯多过安贫乐道。但是，这个势不两立的女人，这个他从没有在意过的女人，却用一只没有挂诱饵的生着锈的钩子，使他困在原地。像做了一场梦，或是像刚从一场梦里醒来，他变得忧虑而伤感。

莫名其妙地，他心情坏起来。不知何故，他踩着饭点到了大哥家。那天中午兄弟俩喝了不少酒。在儿女双全的大哥家，他坚定的信念显得变幻不定，感觉到自己在某些地方错了。

大哥也算是小有成就的人了，大嫂的龅牙还那么突出，好像大哥也不嫌嘛。良霞坐在椅上，背后垫着枕头，不用说，腰一直疼，她整个人越长越矮似的，可脸色那么平静，没有一丁点躁气和怨气。听二哥说下午去办离婚，也没表态，只是静静地坐着。

承明瞧这家人嘻嘻哈哈七嘴八舌，感觉自己像是要被家庭幸福淹没了，他一激动，开始趁着酒劲儿说话。他透露自己攒的钱的数量，他结交过的女人，没有一个不是年轻貌美，其中有一个还是混血儿。他的本意是炫耀一下自己见过世面，可是他的总结坏了自己的心情：

在城里，人就跟蚂蚁一样。

大哥听出他在找依靠，把手从桌子那头伸过来拍他的肩膀：离婚之后没地方住就来我家。

什么话，什么话？承明一听，呜呜哭将起来，他把头垂到桌子底下，只露出头发在那里颤抖，不一会儿，喝进的酒、吃进的菜全都吐了出来，大哥把他扶到里屋，睡到天黑才醒过来。

他没有想好，假期就结束了。他继续到城里打工。他老婆则开始门前屋后随时随地呕吐。他再次回来的时候，第一眼是瞧见女儿若云在她妈妈怀里吃奶时翘出来的可爱的小指头。

现在，他心甘情愿做个回头的浪子，没费力气，她却占了上风。

这些从外面回来的人，这些把“外面”带回江心洲的人，这些和江心洲好好相处的人，让良霞感到了新鲜。就说二哥吧，每年回来的样子都是不同的，第二年他的头发是黄金色，第三年是条纹，到了第四年，二哥的后脑勺剃光了，只有头顶一束高高地立起，使他又高大又帅气。他，和跟他们一样的人们，把丰富多彩的衣服、发型、家用电器和闻所未闻的观念带回来。

和美、新鲜与富足感染了病人。病人在电视上瞧到一个新闻，说的是一个人三年工夫绣了一幅“祖国河山”的十字绣，卖出了八百元。做做针线活就能赚钱？良霞让大嫂买了些针线回来，开始学着绣十字绣。她一边绣，一边听收音机，里面播些流行歌曲、小说连播和广告。一开始，她敌不过疲倦，动两针就得歇息两分钟，而且她绣的鸟不怎么像鸟，绣的花不怎么像花。过了大半年，她绣的房子像了，娃娃也像了。再后来，有人说她绣的猫眼比真猫神，牡丹看着就有香气。这个过程差不多有三个年头。良霞心里是高兴的，觉得找到了用处。她偶尔到大坝上走几步。长江的水位，在妈妈死的那年比较凶险，快到坝沿上了，水退了之后，坝下栽的树全部烂了，那些枯死的树，一根根地杵在原地。它的主人们忙着挣钱，没有心思管它们。挣钱的门道越来越多。三十岁上下的年轻人，没有几个在家了。

她偶尔也会到地里去，她会采些当季的花，栀子花、金银花、月季和三色堇，都是早年种下，后来自己胡乱长大的。打碗花败得最快，也不香，但是漫山遍野地开，好看得不行，突然之间好像就没有了，绝种了，再也见不着了。实在图新鲜，她也会掐一把油菜花，插在玻璃瓶里。到了冬天，路边的小拇指大的紫兰花也会拔回家，装饰她朴素的屋子。

大江的水位倒是越来越低，江滩上的那个传说中的造船厂，良霞一直不知道规模。造船厂靠近西头，大坝拦住了她的视线。幸好装了自来水，扁担不那么经常被派上用场，何况，男人们都不在家。

现如今，她坐在门口的带靠背的椅子上。一张瘦削的脸，一头稀疏的短发，长不长的。她身前放着一张小台子，她疲倦，可是泰然自若，疼啊睡不着啊，也不说出来。她一天只能做个把钟头，那个把钟头她就不像个病人，手指灵巧，进入了忘我的境界。陪伴她的，是缓慢踱步的鸡。她养的鸡，也不似人家的那般急躁、好斗。还有一只猫，也是她的。瘦，黄毛，睡在她的脚边，很安静。到了冬天，她只能卧在床上，她的绣活和她一起把床挤得满满的。那只猫，看到她倚靠在床头，手里的针不动，就会悄无声息地溜下去。她觉得好点了，就会出来找它，它会猛地蹿到她怀里，乖巧地拱拱背，它用一只猫的方式，让她相信它对她的需要。

就这么继续下去，家人如此和睦，兜了一大圈，最终像泥一样和在一起。良霞觉得，就算自己死了，也算是了无遗憾。

可是大哥好上了赌。

跟江心洲有点本事的男人一样，大哥先是迷上了出门，到江西去，往上海跑，把船泊在码头到色彩斑斓的地方找酒喝。别人买了 BP 机，他的腰上也挂着一只，他嚷着要买一只大哥大，后来感觉这东西在城里不时兴了才把目标对准了全球通手机。带着热忱的自信，他结交的都是江心洲最先富起来的一帮人。他的派头滋润着老婆孩子，他自然不亏待他们，每趟回来都拎只塑料袋，里面装着苹果香蕉和柚子等。

喝花酒出了一次事后，他学会了斗地主。父亲在世的时候，是不许的，现在他从尝试中感受到快乐。先是赢了一点钱，也打发了许多无聊的夜晚，输点钱不碍事，男人之间总得有个话题，有些消遣和应酬。他聊以自慰。

大嫂还在饶有兴致地向城里人学时髦的时候，危机早就潜伏进她的家里。有趟丈夫回来，她催他给儿子交学费，她要一千，他只给了五百。下趟，他的船回来，她看到丈夫从船舱里出来的时候，空着手，身子矮了一大截，他摇晃着往坝上走，她迎过去，心里很慌张，想他是不是得什么病了。现在的人，得病比往年容易，忽然之间，这个得了胃癌，那个得了肺癌。她紧张地追问，可是他不正眼瞧她，往床上一扑，倒头就睡。醒来的时候，胡子拉碴，神情呆滞。她还是在镇上听到了丈夫在外头的遭遇：他跟人赌，输掉了船上所有的股份，而且，还有一张好几万元的借据。

听别人的故事，眉毛挑起来，怕故事不够惊险。听自家人的故事，听到一半腿就软了，她最本能的反应像她弟媳妇年轻时一样，拼命尖叫；跟弟媳妇不一样，她不要什么爱情，只要她昨天的生活：走在镇子上，许多人喊她老板娘，她不要一夜之间一无所有。她哭着要上吊。大哥不反击，大嫂扑上去挠他。大哥的脸上、背上都血迹斑斑，她原本温良，这些行为跟她不符。

闹得凶了，逼得做了亏心事的人也反抗了。他说：

老子这么多年待你怎么样？你得理不饶人了？

你待老娘好，还不是想让老娘为你做牛做马。

地都没了，做什么牛马？

地都没了，你那药罐子妹妹不还在？

他想列举她牺牲的地盘小，她想揪出他犯错的地方多。她说，如果不是她，我们早搬到城里去了，你不肯挪窝，还不是因为你妹妹？要是早到城里去了，现在至少还保住了一套房子。再怎么也比现在这个样子强。

她的声音时尖时粗，根本不顾老房子不隔音。他急了，一巴掌扇过去。她结婚十几年，头一回被打，还是在丈夫理亏之后，她鼻子嘴巴都往外冒血，嚷着要跳江。

他甩门而去，不知道去了哪里。

天一直没有亮。良霞的身子从床上探起来。一切声响她都要警惕，在黑暗里，她是个合格的守卫，看护到天明。

大嫂三天没起床。良霞让侄女穿戴整齐去上学。她端着饭坐到大嫂床前，她说：世道变了，男人有了钱就学坏，不是赌就是嫖，没人能除外，好在大哥才四十，他还能翻身。只要他肯回家，这个家就还是你的。他见过世面的眼睛还在，他身子还健康，他脑子还好使，最重要的，他还是有良心的。有些人你就得接受他犯错误，你才有机会跟他们平起平坐。至少这个家还在他的心上。

大嫂听得愈发伤悲，从哽咽到号啕，眼泪哗哗的。良霞等她哭停才回一句：人活一世，谁不要过些深沟深坎！

大嫂平静下来抬头看着良霞的眼睛，发觉她的眼神波澜不惊，像昨天一样亲切安稳，她长得跟哥哥还是很像的，更瘦、更苍白、更无力而已。她分析得理又有余地。小姑子的眼神给了她重新面对的勇气，她接过碗，喝了一碗稀饭。她不嚷着要离婚了。这些不现实的事放到一边，紧要之事把地要回来种。

你想怎么办都中。我支持你。

大嫂抬起肿胀的眼睛，她说：良霞，你虽然病着，这个家你最稳当，十几年不变脸，十几年不伤人，十几年还这么稳当。将来有我吃的就有你的，有我在，就不让你死。

这也是十几年来，姑嫂俩第一次敞开心扉，心心相印。她俩都掉了眼泪，感觉到亲情在她们之间流淌，联结她们面对这心如刀割的处境。

之后，姑嫂俩同心协力，共同计划着春季种什么，秋季种什么，怎么花能省下些孩子的学费。那个在城里的孩子，最好不要让他知道家里的变故。说不定能考上好高中、好大学，不会再犯他父亲和江心洲男人通常犯下的错。

良霞虽不能下地，但她变成了好参谋。大嫂像攥救命稻草一样攥牢她，须臾不能离开她的视线。良霞因此而没有工夫考虑自己。不去想自己佝偻的身体，不去看长满了斑点的手背，不再念她的洁癖，洁癖在这里是可耻的。事实证明，可以克服。她意识到，忘掉自己，生活反而显得可靠、有希望。

邻居们竟然无法想象她竟然有如此大的能量，比她身体好的人都没她这么大的热情，有心的人听到婉转又柔和的声音在劝大嫂：

没有关系，天又没有塌下来。

对别人来说，劳动是一种奉献；对良霞来说，劳动是一种占有。占有厨房，占有清晨，占有节气，占有天，占有她脚下踩过的每一块土地。

现在，她不再是任何人的掌上明珠，不再有人因为她而死，不再有人为她跪地磕头，这些她都觉得好，疼痛除外。现在，她是个有用的人，她和大嫂相互依偎。她们不再指望那个赌到穷途末路的人这么快回家。怕他带回一身债务和艾滋病——吃喝嫖赌的人最容易得这种病——听说另外一个大队的跑买卖的男人就得了这个病，家里人全部逃走了，他一个人窝在屋子里，没人敢靠近那间屋子。

很庆幸要债的没有找她们麻烦。

第二年江水又拼命往上涨。坝子外围种的庄稼全部被淹死了。水退了之后，大嫂去清理淤泥，想在立秋之前种上一些玉米。良霞拖着身子也去了。什么事情都是这样，你还别不信，一旦有心奉献，就能凭空生出力气。大嫂弯腰下来，用手扯掉上游漂过来的杂物，良霞不能弯腰，她蹲下来。她们渴望太阳更辣一些，泥巴变硬之后，陷进去的脚能尽快拔出来。整整一天过后，她们全都动不了了。良霞的双手陷入泥潭里，她抚摸着柔软的淤泥，一下子想到年轻时她收到的一条丝绸围巾。到后来，她什么都想不了了，几乎失去了意识。大嫂没让她早点回去休息。希望、幻想外加体恤，这些微妙的情感，经过这几年超出常规的辛劳，从大嫂身上消失了。现在，大嫂的怨恨像井一样深、一样黑，有时都使人产生一种错觉，感觉到她是一根太阳底下的炮仗，轻轻一碰，就能点燃，使之爆炸，燃放。

良霞不去招惹她，有些事情就自己拿主意。地势低的地方种耐潮的花生，而离水源远的地方种黄豆。端午那天良霞没有跟她下地，她裹了二斤粽子。到了过年也是她主事，她会自己在红纸上写毛笔字，贴在大门上。她变得明理、细致，而且不受人批判和质疑。

有时累过头了，晚上倒在床上，良霞记得自己没有洗脸、没有洗脚。四周模糊一团，没有光，为了省电，灯全部熄了，天上的月亮也不如往年的皎洁。她换着方式睡，侧着，仰面躺着，或者趴着。菜园边的花早就枯成一团团，像受了重伤的士兵一样全部贴着栅栏坍塌下来。母亲死后，这些花草不再有人修剪，体力活对这个家庭来说，越少越好。菜园的地也不怎么平整，积了雨水的低凹处，有些蛤蟆在里头扑腾。来自江面上的风刮到坝上，柳树随风起舞。雨点落了下来，滴滴答答，打在屋顶上，时断时续的。她就这样整夜睡不着，但她能照料自己——对此她颇感欣慰——尽量不给比她更累的人造成负担。屋外有只疲劳的呼唤着的猫，忧伤却不愿停歇。

良霞独处的时间越来越少，手心朝上的现象消失了，不再觉得自己讨嫌，即使她仍然干不了什么重活。她跪在江边的石板上，喘着气把衣裳送进水里，摆动数下，过掉肥皂水，拎上来的时候因为浸满了水而更加沉重，她需要憋足劲儿，这使她看上去很不雅，面部扭曲，那些看见的人，难免会替她心酸，然而她打心眼里愿意。良霞觉得某些被夺走的东西被她捞回来了。

她的猫也受赌徒的连累，有上顿没下顿，大嫂也不再过问，它瘦下来，但是学会了到邻居家蹭东西吃，它喵喵地叫着，那是良霞熟悉的声音，又完全是变了调的声音。如果它吃饱了，它会回来。良霞翻来覆去，她的腰疼。有时它侧目瞧着良霞，静静地站了许久，一点声息都没有。心里没有同情，怎么能做到这么隐忍？有时它宁可睡在墙根和灶台底下，良霞安静了它才爬过来，什么也不说，就那么蜷缩着。

良霞可怜它，感到它找不到自己的位置，乐于待人好，又没什么好奉献出来。她有时把它揽在怀里，轻轻摩挲它的背，仿佛在安慰它，告诉它，她懂得它的心，懂得它的苦。各有各的苦。苦也要受着。

来年春上，良霞的病又重了，脸和腿都肿得不行。大嫂扶着她到县医院。县医院来了个专家，说能治好。姑嫂俩激动得都发出了声音。他说，先开五千块钱的药，回去吃，吃完再来。

她们身上也就四百多块钱。

两个人捏着这五千块的处方，不约而同往回走，边走边看看手上的纸，像是遗失了这张纸就遗失了五千块似的。

走到一条三岔街口，朝北就是回江心洲的路。这回，大嫂不走了。良霞把手搭到大嫂肩膀上，既是借点力，又是表示亲近：

回吧。

我有金项链。

不管用。

说不定管的。

都是骗子，骗钱的。

大嫂端着薄薄的处方，认出几样药材不是稀奇的东西，周边的荒山上就有。回来煮水良霞一碗碗喝，身上的肿还真的消了一些。

过年的时候，大嫂体恤她，给她买了一件丝绸料子布，蚕豆样花色的棉袄。家里这样了，还买衣裳给自己，良霞端着衣裳不晓得往哪里放。实在没办法，只好坐下来，花一个晚上，把衬衣改了袖长，腰身往里收了一收，第二天早上，侄女上学时，她招招手，帮小姑娘换上。小姑娘一穿上身，就惊奇地笑了，她的感觉是敏锐的，什么到她身上都会美。她舍不得脱了。转来转去，然后要踏出门去，她妈妈边追她边跑，她嘴里说：

小姑，你真好，你比我妈妈还要亲。

那孩子身形修长、牙齿雪白，面色发亮，她的声音那么悦耳，沁人心脾，她仓皇的神色也那么动人，使人忍不住生出怜爱之心。她这几年也没受什么苦。有个那样的爸爸，也没妨碍她招人疼爱。她不做事，她妈妈不舍得她。如今她那样的几句话，她妈妈又站住了、屈服了。良霞呢，靠住门框微微笑着。

7

大侄子十八了。两年前他就辍了学，跟了村上的同学到省里学刷油漆，正式上工没多久，突然回来了。回来时裤子松得像个米袋子，裤裆掉到膝盖下头。他躲到小姑房间里抽烟，一会儿，良霞就咳嗽得上气不接下气。大侄子三口两口，把香烟头在地上踩几下，不多久，他站起身对小姑说：

我到镇上去办点事。

后来良霞听人说大侄子一到镇上就找公用电话。大嫂悄悄推测：

怕是跟哪家姑娘搭上了。

大侄子不怎么跟他妈妈说话，对于妈妈的话，他一问三不知。良霞知道他有恨。他好端端地念着书，突然有一天，缴不上学费，拖了好一阵子，没钱买学习用品，再后来，连食堂的饭票也没法买。他万般不解，走了四十多公里，回来要钱。结果，责任像折断的树枝一下砸到他的肩上，他留了下来，陪着家里愤恨、体弱和幼小的三个女人。

想跟他搞好关系，不是容易事，而且，良霞不太听得见。像许多听力下降的人一样，她喜欢侧着头，对准声音发出的地方。他瞧见她的样子，有点不耐烦，但是不说出来，只是把脸转过来，把没说完的话吞回去，歪着肩膀走掉。似乎江心洲没有他看得顺眼的东西。良霞看着他长大，他小腿上的划伤，他容易打喷嚏的鼻子，他走路时宽松汗衫里的一排排肋骨，他不得不面对的起起伏伏的少年时代，良霞心疼他。

有一天，他走进她的房间。他摸摸搭在缝纫机上的布，把箱子上的锁拨弄几下，想把它拧断。她说：

没什么好东西在里头。

他又暗暗使了一下劲儿，她赶紧说，等一下，我来拿钥匙。可他已经失去了兴趣。她有点吃不透他的神情，他漫不经心地吹着口哨的时候，没人搞得清他是开心还是更加沮丧。他妈妈感觉到他对姑妈的敌意，悄悄问良霞：

他有没有说什么过头的话？

不，他待我跟你们一样好。怕大嫂听不见，良霞大声地回答。

我怕他跟他老子一样，哪一天突然跑掉，到时候，坑蒙拐骗犯了事被人杀了都没人喊我们去收尸。

如此悲观的论调完全来自生活的突然变故。良霞坚决否定了大嫂：

不要瞎说，他晓得自己姓徐！

大侄子回来继续种地，意味着他有担当，跟他爸不一样。也意味着家人必须耐心跟他相处，从他的态度里听出他的愿望和他对生活的计划。小伙子习惯一声不吭，无事的时候，他会坐立不安。撞到母亲幽怨的眼神，他抬起头，望向天空。他离开家去镇上卖棉花，三天没有回来。他妈妈以为他拿着卖棉花的钱走江湖去了——江心洲半大不大的男孩子们的集体野心。但是第四天，他回来了，紧随其后的是他父亲。他真是老了，但是仍然懂得难为情。他把头勾在脖子底下，撞到认识他的熟人，咧开嘴，露出自嘲的笑。

这个四十五岁的男人，有过体面的日子，经历过大起大落，然后挣扎着想站起来，可是如今他显得松弛而自在。除了第一天比较难挨之外，其余的日子，他焕然一新。

你的皮真厚。他的妻子象征性地批评他一句。

但是良霞喜欢大哥这一点。大哥不像他们想象的那样长吁短叹、起早贪黑地苦熬，他不再想改变任何人：儿子的个性或者女儿的成绩。在过去，他总是显得过分贪心，他的心并不真的在这里，现在，他的脸开始发胖，肚子也腆了出来，但显得更亲切。一家人挤在一起，说不上多么舒服，那些发财成功的故事每天在上演，四周一天一个样，但是，他们也没什么特别不舒服，不该犯的错也犯过了，走不通的路都走了一遍，就像从战场回来的人感知活着就是胜利一样，他反而变得从容了。由于他变得随遇而安，凡事不较真，家里的气氛成了二十年来最好的。

团聚的一家人尽释前嫌。日子还是紧，时时刻刻缺钱花，可是笑声多起来。他们的话题总是说不完，因为分开那么久，见过的事情又那么多。良霞被呵护着回到床上。他们都看得出来，她的胳膊不怎么能伸得直，除了五只手指还灵活，还有她的眼睛，越来越看不清眼面前的东西。侄子花五块钱帮她买了一副老花镜，使她不至于不能绣她的十字绣。她多么热爱这样的生活啊。热爱她呼吸过的每一口空气，当然她也热爱她记忆里的县城以及大哥嘴里描绘的大城市，那里的街道，摆满鲜花，到了节日，灯笼挂到电线杆上，这是她从来没有真正踏进的人间世，她曾经半只脚跨进去过……她多么用心地倾听——遇到下雨，或者腰疼得厉害的时候，他们说话的声音就像蚊子在哼哼。

为了避免听不清产生的沟通不畅，也为了让这一家人更轻松自在一些，她尽量不在他们在家的时候出来。

她的腿疼，正睡着，侄女喊她吃饭，她答应着从床上爬起来，挪动的时候觉得那么吃力。她坐在床上，心里想着快快走到饭桌前，可是腿上像是压着磨盘石。她感觉到劳累了一天的人都焦虑地瞅着她，无声地帮她加速度。她在心里打定了主意。她说：

今天晚上一点都不饿。

她立刻接收到担忧的目光一齐聚过来，赶忙补充说：

没有不舒服，就是不饿。

第二天晚上，她仍起不了床。开饭了。她听到大嫂交代侄女：

去，喊你姑来吃饭。

她在里头答应着，声音脆得发亮：

你们先吃，我赶完这几针。怕他们进来戳穿她，她拿起针，比画着，嘴里朗朗地交代：

不要等啊，针线活催不得。

一刻钟后，桌上的菜吃得差不多了，吃饱饭的人供血不足，力气小，懒得说话。她走了出来，边走边扯身上的线头，为如此忙乱不好意思地笑着。

两回，三回。他们开饭前都会象征性地喊喊她，她总是磨磨蹭蹭老半天，很快，他们习惯了她会在他们吃得差不多的时候出来，剩汤喝汤，剩水喝水。专心地吃，面带微笑，从不说话。

到了晚上，她缩回到床上。虽然每天上床前，她都要给自己用玻璃瓶装满水，一只放在脚头，一只放在腰上，被子越来越厚，仍不觉得暖和。这个时候，她反而又能听到些了，她能听到大江的流淌，缓慢、悠长，渐渐陪她进入梦乡。

大侄子二十二了，这天家里来了几个人，那个跟大侄子交往了几年的女孩的父母、舅舅和舅妈都来相亲。良霞在厨房里烧火。好不容易酒菜上了桌，帮厨的也走了出去，灶里的火渐渐熄了，她的脸，由火光映照的红晕清白了之后，她听到板凳在水泥地上拖来拖去的、筷子碰到划空的碗发出清脆的声响。她的腰疼，一时直不起来。她慢慢酝酿着气力，客人要走时，她怎么也得出来说句客套话，她毕竟是唯一的姑妈。她盘算着箱子里的两百块钱。真的定下来，这点礼数还是要尽的。

她没及起身，大嫂进来了。

客人走了？她问。

走了。

你累着了吧？

没。

大嫂一屁股坐在引火柴上，她刚想说自己好歹是长辈，要不要尽点心，大嫂打断她：

算了，都走了。

说完她坐下来，说话支支吾吾的，复述着女方的要求：同意在老屋结婚，但是要一整间房，闲杂物都不要，一台彩电，一台冰箱，三金也是要的。彩礼一万八。没要盖楼房，已经是很幸运了。要是提出这条件，八成就会黄，她哪里拿得出盖楼房的钱？听她那口气，她感激那几点要求是识大体的。她被牵着鼻子走，也觉得很合理。良霞听着，渐渐抓住了一点意思。她由于体弱，脑门渐渐有了汗，看到大嫂急切的眉心，嘴巴一动一动的。她赶紧频频点头表示赞同，间或插上一句对方想听的话：

是的，是的。人长得不错。长辈又讲理。要求还不高，算是我们徐家运气好。

她还竭力表示全然领会了大嫂的意思，甚至恨不得献计献策，令好事锦上添花。

大嫂的眼神和她碰上后，找到了她要的慈悲同情和理解。大嫂切到正题上了：

我们是不好意思跟老二家开口，好在他的女儿才七岁，住到那边，你帮他们照应照应，看家护院、收衣晒谷这些，你哪桩不内行？

说到良霞的内行，她是真心舍不得良霞的，可是亲家的要求是不能不答应的，毕竟，她家能谈条件讨价的资本几乎没有。

你哥哥怕你不愿意挪，我心里没这么想，说通情明事理，这江心洲谁比得过你？

良霞眼神恍惚。她准备附和的嘴半张在那里，空空洞洞的。这一瞬间，就仿佛她被一阵疾风一下子带到了别处，四周没一样东西是熟悉的，她满面茫然。

一棒槌，她被敲回到灶台间。她定了定神，把目光对准大嫂，脸上的血色眼看着就没了。她嘴唇动了动，有点前言不搭后语：

碗洗好倒开水烫一烫。

她说出来的话声调虚浮。这张平静温和的脸，这张未经世事却又事事操心的脸。

大嫂双眼一闭，不忍心看她，可是把头转过去又显得不近人情。

良霞感觉到她在堤坝的下端，再没有更低的去处了。她的二嫂，心肠不坏，脾气也比往年好了许多，只是她没有足够的思想准备。良霞挟着刮来的冷风往二嫂跟前来，二嫂从椅子上站起来，像是迎接几十里外的亲戚。她说，我来拿，我来拿。她接过良霞手上的袋子。袋子里是良霞这些年的针线活，鞋帮子、泡沫鞋底、十字绣。绣了十多幅，她的岁月，减缓疼痛的方法。没有画框裱起来，只好卷起来，用毛线头扎起来，拎在手上，沉甸甸的。

8

二嫂跟大嫂，十分不一样。良霞初来的几天，她天天买点儿肉，或者鱼，饭菜端到桌子上，筷子先摆好，头几顿还一个劲儿往良霞碗里夹菜，她不太喜欢抒情、说客套话，良霞也不太吭声，姑嫂常常闷头吃饭，空气里只有咀嚼的声音。

早上起来的时候，良霞帮着刷锅、放鸡出笼，力气够用就扫地掸灰。白天她找把椅子放在门边，倚靠着绣着十字绣，到了傍晚，她会收衣服，晚饭后她仔细地抹桌子，她来了之后，桌子明显地光亮了。良霞对若云和对若曦的态度完全不一样，那孩子胆小，个头也不高，怕鸡、怕狗、怕雷电，受到惊吓的时候，良霞把她搂在怀里，用娓娓动听的声音吸引她的注意力，尽量让她胆大些。有一次，她甚至拿根棍子去触摸那条狗，向孩子证明那条狗其实不能把她们怎么着。

二嫂到底悟出来，良霞不是客人，良霞是家人，家里多出一个人，是多么可贵，何况大嫂每月还补贴点菜钱，遇到买药，基本都是两家平摊。二嫂习惯沉默，可这沉默多半是明白自己的话，最初男人不听，后来女儿太小，还听不懂，现在，她振奋起来了，她可以说得更多，良霞是很好的听众。良霞眼睛不好，看不得电视，所以二嫂看电视的时候，遇到惊险刺激的情节，她扭过来复述情节给坐在外头的良霞听，她一开口，良霞就停下手上的针，饶有兴味，从没有打断过。

三个人相处得很好，可是，命运自有安排。徐若云七岁整，和她妈妈一起，被开着美发店的承明接到了上海，缴一大笔赞助，上了城里一所小学。一年的赞助费相当于江心洲两间房的价钱。不知道出于什么原因，承明这样形容给良霞听。良霞没他想象的那么闭塞，样样东西贵，样样东西新，她懂，她甚至不需要问为什么。家家如此，户户这般。

原本作为江心洲人发财致富的江滩一日一日冷清下来，木材市场散了，造船厂也停了工，说到底，再大的船也赶不上高铁的速度。人们花在路上的时间和耐心都没有了。江心洲好几条千吨大船没有卖掉，成了野猫野狗的栖息地。眨眼之间，房子里不拥挤了，岂止是不拥挤，简直太空旷了。跟良霞差不多大年纪的，比大嫂再大些的，跟二哥一起玩大的，跟大侄子一个岁数的，或是更小一些的，全都离开了江心洲，他们进入各行各业，各显身手，各展宏图。就连六十左右的也都吃香，到城里帮儿女看孩子，到城里去看大门，到城里去卖水果，各有各的活法。留在家里的，尽是些太老的，或是太小的，再就是像良霞这样，病得动弹不得的。

大哥大嫂是最后一批出去的。不晓得从哪天起，江心洲人见面，不再问吃了没，而是问在哪里发财。有人问大哥，他就说：

我们不出去，种地也一样能活。

当着良霞的面说得挺大声，有让良霞吃定心丸的意思。这话还在耳边，大嫂的行李就收拾好了——娘家亲戚打电话来告诉她，帮她在一个新开的菜市场抢了一个摊位卖果品蔬菜。她走没两天，电话像机关枪一样扫向大哥。大哥动身之前，电话里问了承明，让良霞一个人过妥不妥？以为承明会阻拦，可是承明很理解地说，生存要紧。他们商量一个方案，就是雇一个人照顾良霞。

大哥坐到良霞对面，做出推心置腹的姿态谈话。他先说到物价，他说往年一亩地能挣五百，五百能吃半年，那是三十年前了，现在五百块钱，只能买到一件衣裳。

过去造三间屋，两万块也就差不多，现在呢，二十万也只能盖两间。

良霞听到这里就表了态：

不要担心我，我自己行。

话不多，口气坚决，也不是商量的态度。大哥等了一等，明白不需绕弯子，把家里钥匙递过来，站起来，提着行李往渡口去。

更多的钥匙落到她手上，邻居家的，堂房亲戚家的，甚至别的生产队从来没有打过交道的人家。还有一个人，不沾亲不带故，连名字良霞也叫不出来。他们把钥匙递到良霞手上。像他们希望的一样，良霞不多问也没推辞。一串钥匙就是一户人家。一户人家不止一把：箱子的，抽屉的，五斗橱的，前门的，后门的，串串钥匙沉甸甸。

良霞目送他们一个个的背影，男的女的，高些的矮些的，胖些的瘦些的，姓徐的不姓徐的，一个一个鱼贯而出。经过她的门口，她不忘叮嘱他们带雨伞和扇子。有人答应，有人装没听见。

剩下来的徐良霞，自由，可以随心所欲，想睡在哪张床上就睡在哪张床上。梅雨过后，她会检查所照料房屋的状况。她拿着保管的钥匙，隔几天就挨个去打开一扇扇紧锁的门，瞧瞧里头的状态，她一走动，松紧鞋踩响了空旷的房间，声音从墙上撞回来。回声响亮。

天气好，她就绣她的十字绣。她的一部分十字绣被哥哥裱了起来，挂在堂屋里。最令她自己珍惜的是《清明上河图》和《蒙娜丽莎》，几乎爱不释手，这两幅共占了她五年时间，江心洲的人都在绣花绣草绣鸳鸯，只有她，喜欢绣历史和域外的生活。如今她膝盖上摆着《金字塔》和《太空漫步》。她眼很不好,手关节也疼，绣得慢，她不急，就那样安然、沉默地绣着，累了就听一听外头的动静。有时，病人会听到突然一声微弱的声响，说不清是什么声音，也不知道从哪里传出来。风啊树啊水啊草啊，熟悉到心里透亮了。风树水草都有自己的习俗和脾性。有风有水的世界就是生命的天堂。

比起眼睛和耳朵，良霞更喜欢用她的鼻子。疾病对她的嗅觉毫无损害，闻到饭香，良霞就知道哪家人回来了。如果有人愿意打赌的话，一准能发现她没有夸张。一艘拖船过去，她能闻到轮船上装载的货物。你可能一眼就看到是煤或者木材，然而她真的看不清那么远。她凭嗅觉。有一艘经过的轮船上的汽油泄漏，她在村主任通知前就已经提醒过大家。那么重的油味，她说。她能嗅到第一朵栀子花的香气，麦苗抽穗时的气味也很特别，她不用到地里就能知道它们长成什么样子。天气变化更不在她的话下，她能料到午后有雨时，便会提醒邻居老奶奶不要晒衣服，省得没晒干又要往回收。

再后来，撂了荒的地越来越多，差不多大半个江心洲都荒芜了。起先，不种棉花的地里还长了杂草，但是，渐渐地，有土的地方不长草，长草的地方不生虫了，她明白有一个新名词叫“污染”。堤上坝下许多花草绝种了，再也开不出花、长不出嫩芽来。夹江里原先常常有小鱼苗在那里翻腾，落雨之前，水面像煮开水，如今，水里无鱼，鸟也无声，江心洲旧了，电线杆上的、水泥大门上的油漆轮番往下脱落，也没人管。

在横店跑龙套的人回来说，横店许多景点平时就是一座空城，到了拍戏的时候，摄像机、小汽车、群众演员、街市、货物、家禽和牲口就都魔术一样变出来了，到处热闹非凡、人声鼎沸，戏一杀青，那些东西又立马一夜之间消失不见，一片寂静。

江心洲就跟横店差不多，平时，留守的人，像江面上的行船，隔多远一个，再隔老远一个，可是到了过年，所有的人都会从各自发展的城市悉数归来，小汽车并排挤在原本堆草垛的位置，后备厢里拖出来大一包小一包，保健品、营养品，或者是流行的衣服，全部来孝敬留守的亲人。徐良霞家也不例外，亲人们挤在良霞周围。房子里全是新鲜的气息。大哥蓄起了络腮胡子，二哥穿着大红的衬衫，大侄子手上拿着的平板电脑，里面发出阵阵怪物的吼声，小侄女手上把玩着“打飞机”的游戏。走南闯北的人再回来，平平白白多出的一样就是聪明。更有意思的是，有的人明明有钱，穿得却不体面；有的人一个月才挣三千五千，却喜欢到处显摆。

二十二岁的徐若曦是个标准美人，她的美超过了她的姑姑，身高也高过姑姑半个头，天资和运气，她两样全占了。她在帮妈妈卖菜的时候，被星探相中，签约在模特公司。凭着她的美，她已经去过许多地方，有许多人为她做了许多荒唐事，她得到的倾慕只比姑姑多，不比姑姑少。江心洲潮湿的风，掀起她的裙摆，裙摆里头是肉色的丝袜，她不怕冷。她大有前途——人们都这样预测。她带回来的男孩子不是县城的，也不是省城的，是香港的，讲一口不拐弯的普通话，说的人难受，听的人更难受。可是他们幸福。他们的幸福晒在太阳底下、江滩上、堂屋里、姑姑的眼皮底下，不留死角。

惊羡和恭维声中，良霞慢慢转过头去，不吭声，挂在屋外给旁人望的幸福她总觉得不牢靠，想提醒点什么，又晓得孩子们会嫌她多虑。若曦已经把姑姑太严厉的性格发布给她的对象：

我姑姑把我抵在墙边，鸡蛋不吃，不准出去玩。姑姑对吧？我没记错吧？我知道是为我好，姑姑最疼我。她自己一口也不舍得吃。对吧，姑姑？

良霞点一下头，若曦就过来亲她一口，热烈得像个天使。反而是若云，仍然像小时候，提防着门外的一条狗，不敢随便乱走。

大嫂二嫂抢着做饭、洗碗、给房梁除尘，都说在城里比家里还累，回来却也不得歇息，忙完家务就陪良霞，晓得良霞平常闷，争着说外头的新鲜事，想让热情把良霞的屋子填满。晓得她们一片好意，良霞再三招呼她们不要管她，她们哪里肯，竞相从包里掏出来的衣帽鞋袜，样样都是精心挑选的。她们在意良霞怎么看她们。

酒一上桌，大哥二哥的话才会多一些。男人的话题比女人大，从生意上的不良竞争，到国与国之间的领土纷争，什么都谈一些。说到心坎里的话，就频频点头；不同意的也不争，摇摇头，吃口菜。虽说是亲兄弟，虽说是在家里，也是一年难得见一面，和睦是第一。

短暂的热闹掩盖了许多真相，关于夫妻相处，关于儿女独立，关于物价飞涨，这些都不会在过年时抱怨。他们展现轻松和谐，展现自在和悠闲，那些掩盖不了的，比如白发和皱纹，会多少泄露一些天机。

归来者带回来的繁荣衬出她的落伍。他们的生活像在天外，她不好意思问，也不好意思装着没看见。不过，她还算沉着。她不添乱。

我们的姑姑。

先是自家侄儿侄女，再到人家的侄儿侄女，有的年纪太小，或者在外头出生的，不了解良霞的情况，被父母要求行礼，他们就随大美女若曦喊“姑姑”。渐渐地，哥嫂也这么喊。到末了，整个江心洲，尤其是过年，这些昔日的主人，今日的过客，向良霞发出亲昵的呼喊：姑姑，我们回来了。良霞变成了“我们的姑姑”。这亲切的呼喊声此起彼伏，他们向“我们的姑姑”问起霉干菜、糯米团子和豆瓣酱，他们问她要他们的童年、他们的记忆、他们的过去。说到过往的人事，他们把“我们的姑姑”拉出来作证：对不对，姑姑？没错吧，姑姑！

有时是控诉受过的苦，有时是证明自己勇敢过，全凭当时的情境。

徐若曦最记得姑姑的好：我姑姑晓得我爱臭美，我要上学时，她一夜没睡，为我做了一件衣裳。徐良霞不纠正，脑子里记住好的事，总比记得坏的强，脑子里只有人家的好，这样的人，也定能遇着好人。良霞微微地笑，看着他们打成一片，他们也喜欢良霞微微的、想笑的嘴角。走的时候，他们总会有人索要几幅姑姑的十字绣，送给体面的朋友。一般的东西拿不出手，他们说。

这十年工夫攒下的是“不一般的东西”。良霞是知足的，她咧开嘴角，微微地，想笑。

正月十五之前，他们会全部消失，就像她做的一场梦。

春节后的一天，从渡口走来的路上，有一个人经过良霞坐着的门口时突然停下了脚步。那个女人穿着件紫色长款大衣，头发简单地盘在脑后，这样的穿着，既简洁又端庄，符合她的年纪。如果她不开口，单从她的外表，良霞已经认不出她了。她站住，看着良霞说，良霞，我是腊梅。

当年那个在良霞跟前窘迫得想哭的姑娘已经完全变了样。比起多年前，腊梅那愣头愣脑的神情不见了，岁月在她的额头和眼角留下了操劳过度的印记。短暂的交流，良霞听明白了：她曾经在北京的秀水街卖过服装，她在那里学会了打扮自己。后来生意不好了，她又在服装厂干过一阵子，这几年，她又开了家网店，今年的生意渐有起色。她的儿子，也快高中毕业了，等他一毕业，说不定会接手她的网店。她今天回娘家是来看望留在江心洲的寡母，兄弟们待寡母不好，她跟丈夫商量好了，今天就打算把老人接到她所在的城市，亲自照料，如此等等。说这些的时候，她的眉头紧锁，焦虑的事好像还不止这么多。

说完她自己，她看着良霞。她没有像大多数见证过良霞的美的人那样，张口就是：你当年可是多么漂亮啊！她也没有回忆当年那刺激到她的渡船上的邂逅，她问起良霞的健康，听着，静静地坐了一会儿，然后起身告别。她站起来的时候，良霞留意到她的腰背臃肿，也到了发福的年纪了。

过完年，再热闹起来的就是清明节，外头的人会回乡祭祖。二哥也回来了，还特意帮良霞带了台净水器，他清楚长江里的水不能直接喝了。快到门口时，二哥老远就瞧见一个老妇人站在门口晾衣裳，堤坝上有风，晾衣的绳子直晃，衣裳没甩上去，反而掉到地上，那老妇人，小心地往下蹲，蹲了两回才捡到衣裳，明知沾上了灰，竟也不在意，仍旧往绳子上搭去。

走到近前，果然是良霞，喊了两声，她才听见是二哥回来了，二哥上前扶她。她的手背和额角，因为排毒不畅，布满了老年斑，但是她的眼角，并无太多的褶子。良霞挣脱二哥，问他饿不饿，要进厨房给他做饭。

大嫂也是做奶奶的人了，也还是隔三岔五回来看她，送来米、盐和钱。有一天，大嫂来的时候，看到良霞坐在板凳上择芹菜，芹菜是连根拔的，良霞的手上沾满了泥巴。她一个人的日子过得很放松，因为她的神情很自在，人也胖了些。她的头发几乎全白了，她扎的头巾不紧，白发从两侧露出来，看不出她介意，更为重要的是，她懒懒的，大嫂来了，她并没有站起来招呼的热情。大嫂惶惑了，一瞬间感觉这个人没有半点值得同情的地方。临走时，病人还叮嘱做嫂子的：

想家就回来。

良霞的语气充满着安慰，好像过得不好的人是这些走来走去的人。

她瞧见太阳底下自己的影子，挤成一团，分不清肩膀、腰身或腿。她晓得自己越来越佝偻了。再热的天，她都把双脚缩进衣服里，一切是那么安静。她听到了熟悉的、空洞的水流声，然后是一片沉寂。

九月重阳那天她发起了烧。

发烧的时候，良霞却觉得自己是走着路的——许多许多年前的太阳底下，她空着手，在严井湖边，沿着树篱的阴影往前走，她在那里生出对新生活的向往，她朝他一笑，凭着她的笑，她获得了崭新的希望。可是突然有一天，好像跟雨有关，她突然被卡在了跟现在躺着的不远处，一直到今天，动弹不得。

现在，她处于上升状态，她的背，她的整个身体都仿佛没有贴着床板，而是飘忽在半空之中，又好像站在崩塌了一大块的险滩边。她就那么站着，随时能飞起来。

她觉得有点不能忍受这没有根的感觉。她嗅到了早晨青草的气味，栀子花的香气在飘荡，向她的身上笼罩。她注意到一只蜘蛛在床尾爬行，她喜欢这宁静的涣散的意识，既不觉得冷，也不觉得饿，她的嘴巴微微张开，触到了自己的小臂，第一次被人亲的就是这部位。那是三十年前，他冷不丁亲了她一口，除此之外，至今再没有一个男人真正抚摸过她的身体。她来不及有更多的体验，她假装对被亲吻惊恐无比，这是小小的狡黠，是用这种方式告诉对方，这么做对她是何等大事。事实也是如此，她从小被百般呵护，深知美貌、洁净是她唯一的砝码，她死死地守护着整个身躯。一吻定终身。她贪图这个美好的传说。

江心洲的夜万籁俱寂，黄鼠狼发出微弱的叫声，还有老鼠，趁着病人在床上翻身的时候，迅速从床边穿过。在这无风的夜晚，柏树一动不动地屹立在屋檐上方。良霞仰卧着，两眼紧盯着黑暗的苍穹。

第三天，一个邻居路过，探头进来问候她。她说她刚刚躺下——她撒了谎，然后闭目休息，她不讲客套，也不跟人道别。

第四天，她从床上起来，望了一会儿大江。江滩上又有一个工地，听说又打算建一个造船厂，水泥、黄沙，再往前是粼粼的波光。哦，说不定又有热闹起来的一天。

她死的那天，雾很大，太阳像躲猫猫一样出来又没了，良霞家的大门和房门都是敞开的。最早发现的是邻居老太太，她来回几趟都没有看到良霞。到了傍晚，她再次经过良霞家，出于对死亡的敏感，她呼喊了三声：

良——霞。

良——霞。

良——霞！

没有回应，邻居老太太径直走了进来，很快，她退到门外，开始向东西两头大声地叫唤。不一会儿，村子里的老人和孩子们纷纷往这儿跑。他们一个个站到房门口，小心地把头向里探望。

徐良霞安静地平躺着，薄薄的被子下面盖严实了脚，上头蒙住了脖子；她的双手放在身体两侧，前额的刘海夹到两耳边，露出光洁的额头；嘴巴微张，保持着呼出最后一口气时的轻松。她的睫毛覆盖住眼睛，显得那样的坦然而从容，似乎她离去得那样自在，并没有辗转。

她沉着的气质一下子把人给镇住了，她的被遗忘的美把人都给镇住了。那不可冒犯的感觉，使人一下子想起她二十岁的样子，那时，她令女人羡慕、男人垂涎。她羞涩而骄傲，对未来充满向往，谁都会相信她前程似锦。

世间已无陈金芳 |石一枫|

石一枫，男，1979年生于北京，现居北京。1998年考入北京大学中文系，文学硕士。著有长篇小说《红旗下的果儿》《恋恋北京》《我妹》等；中短篇小说若干，见于国内期刊；译著有《猜火车》。曾获“《人民文学》新人奖”，“《西湖》新锐文学奖”。

1

那年夏天，小提琴大师伊扎克·帕尔曼第三次来华演出，我的买办朋友b哥囤积了一批贵宾票，打算用以贿赂附庸风雅的官员。没想到演出前两天，上面突然办了个学习班，官儿们都去受训了。他的票砸在手里，便随意甩给我一张：

“不听白不听。”

演出当天，我穿着一身体面衣服，独自乘地铁来到大会堂西路。正是一个夕阳艳丽的傍晚，一圈水系的中央，那个著名的蛋形建筑物熠熠闪光。苍穹之上，飘动着鸟形或虫形的风筝。穿过遛弯儿的闲人拾阶而上时，我身边涌动着的就是清一色的高雅人士了，个个儿后脖颈子雪白，女士镶金戴银，一些老人家甚至打上了领结。检票进入大厅的过程中，我忽然有点儿不自在，感到有道目光一直跟着自己，若即若离，不时像蚊子似的叮一下就跑。

这让我稍有些心神不宁，频频四下张望，却没在周围发现熟面孔。走到室内咖啡厅的时候，忽然有人扬手叫我，是媒体圈儿的几个朋友。他们凭借采访证先进来，正凑在一起喝茶、讲八卦。我坐过去喝了杯苏打水，和他们敷衍了一会儿，但目光仍在鱼贯而入的观众中徘徊。

“瞎寻摸什么呢？这儿没你熟人。”一个言语刻薄的秃子调笑道，“你那些‘情儿’都在城乡接合部的小发廊里创汇呢。”

这帮人哈哈大笑，我也笑了。片刻，演出开始，我来到前排坐下，专心聆听。琴声一起，我就心无旁骛了。

大师与一位斯里兰卡钢琴家合作，演奏了贝多芬和圣桑的奏鸣曲，然后又独奏了几段帮他真正享誉全球、获得过格莱美奖的电影音乐。压轴曲目当然是如泣如诉的《辛德勒的名单》。一曲终了，掌声雷动，连那些装模作样的外行也被感染了。前排的观众纷纷起立，后排的像人浪一样跟进，当帕尔曼坐着电动轮椅绕台一周，举起琴弓致意时，许多人干脆喊了起来。

在一片叫好声中，有一个声音格外凸显。那是个颤抖的女声，比别人高了起码一个八度。连哭腔都拖出来了。她用纯正的“欧式装逼范儿”尖叫着：

“Bravo！ Bravo！”

那声音就来自我的正后方，引得旁边的几个人回头张望。我也不由得扭过身去，便看见了一张因为激动而扭曲的脸。那是个三十上下的年轻女人，妆化得相当浓艳，耳朵上挂着亮闪闪的耳坠，围着一条色泽斑斓的卡地亚丝巾。再加上她的下巴和两腮棱角分明，乍一看让人想起凯迪拉克汽车那奢华的商标。

初看之下，我并没有反应过来她是谁。直到她目光炯炯地盯着我时，我才蓦然回过神来。这不是陈金芳吗？

音乐会散场的时候，陈金芳已经在出口处等着我了。此时的她神色平复了下来，两手交叉在浅色西服套装的前襟，胳膊肘上挂着一只小号古驰坤包，显得端庄极了。

虽然时隔多年不见，但她并未露出久别重逢的惊喜，只是浅笑着打量了我两眼。

“你也在这儿。”

“够巧的……”

说话间，她已经做了个“请”的手势，往大剧院正门外走去。我也只好挺胸抬头，尽量以“配得上她”的姿态跟上。出门以后她问我去哪儿，我说过会儿我老婆来接我。她看看表，表示接她的人也还没到，刚好可以找个地方聊聊。聊聊就聊聊吧，尽管我实在不确定能跟她聊点儿什么。

大剧院附近的茶室和咖啡馆都被刚散场的观众们挤满了，我们步行了半站地铁的路程，才在劳动人民文化宫对面找到一家云南餐厅。走路的时候，她一直没跟我说话，高跟鞋坚定地踩着地面，回声从长安街一侧的红墙上反射回来。落座之后，她又重新看了看我，然后才开口：

“你也变样了。”

“那肯定，都十来年了，没变的那是妖精。”

“不过你还真不显老。”她抿嘴笑了，“一看就挺有福气，没操过什么心。”

“还真是，我一直吃着软饭呢。”

“别逗了。”

“你不信？那就权当我在逗吧。”我略为放松下来，恢复了固有的口气，同时点上支烟。

她又问我：“现在还拉琴吗？”

“武功早废了。”

“过去那帮熟人呢，还有联系吗？”

“也没了。他们看不起我我也看不起他们。”

“这倒像你的风格。”她沉吟着说。

“我什么风格？”

“表面赖不叽叽的，其实骨子里傲着呢。”

这话说得我一激灵。类似的评价，只有我老婆茉莉和几个至亲对我说过，没想到陈金芳对我也是这个印象。要知道，我自打上大学以后就再没见过她呀。我不禁认真地观察起这位初中同学来，而她则毫不避讳地与我对视，两条小臂横搭在桌子上，那架势简直像外交部的女发言人。

很明显，陈金芳在等着我向她发问，比如问问她这些年过得怎么样，曾经干过什么事儿，眼下又在忙什么之类的。然而对于那些曾经生活在窘迫的境遇里，如今则彻头彻尾地改头换面的故人，我一贯不想给他们抒情言志的机会。倒不是嫉妒这些人终于“混好了”，而是因为他们热衷表达的东西实在太过重复。无非是“忆往昔峥嵘岁月稠”的顾影自怜，外加点儿“敢教日月换新天”的豪情，就算把自己“煽”得一把鼻涕一把泪，也藏不住他们眉眼间那恶狠狠的扬眉吐气。只要看看《艺术人生》或者《致富经》之类的节目，你就会发现电视里全是这些玩意儿。

于是，我故意说：“你现在不拿烙铁烫头了吧？”

她愕然了一下：“你说的是什么时候的事儿了？”

“上学的时候呀。那可是个技术活儿，我记得你在很长时间里只剩一条眉毛了。”

出乎我的意料，陈金芳既宽厚又爽朗地笑了：“你还记得呢？现在我也想起来了。后来我只好往眼眶上贴了块纱布，骗老师说是骑自行车摔的。”

她的反应让我很不好意思。那种失态的挑衅更印证了我的肤浅和狭隘，而此时的陈金芳则显得比我通达得多。接下来，我便不由得说出了自己原本不愿意说的话：

“你可真是大变样了……刚才我都不敢认你。”

“也就表面变了，其实还挺土的。”

“这你就是谦虚了，不知道自己在别人眼里已然惊为天人了吗？”我舔舔嘴唇，几乎在阿谀她了，“你究竟是怎么做到的？”

更加令我意外，陈金芳反而对自己避而不谈了。她简短地告诉我这两年“刚回北京”，正在做点儿“艺术投资方面”的事儿，然后就又把话题引回了我身上。她问我住在哪儿，具体在什么地方上班，又感叹我把小提琴扔了“实在是太可惜了”。我则被弄得越来越恍惚，也越来越没法把对面这个女人和多年前的那个陈金芳对上号。

我们有一搭无一搭地聊了许久，普洱茶第二次续水的时候，陈金芳的电话响了一声。她看了看短信说：“我得走了。”

我也欠身站起来：“那回头再聊。”

我给她留了自己的电话，而她则递给我一张头衔相当繁复的名片。我陪着她走到街上，看到路边停着一辆英菲尼迪越野车。这两年有点儿钱的文化人或者有点儿文化的有钱人都喜欢买这种车，前不久还有一位大脸长发的音乐人因为醉驾被抓了典型，出事儿时开的就是这一款。陈金芳走向副驾驶座的时候，已经有一个身材高挑、二十出头的男人下来为她打开了车门。那小伙子穿着一件带网眼的紧绷T恤衫，遭受过膑刑的牛仔裤里露出两个瘦弱的膝盖，看上去倒像某个高级发廊的理发师傅。他对陈金芳颔首，压根儿就没看我，重新发动汽车之后绝尘而去，气流搅得路边的落叶旋转着纷飞了起来。夜风渐凉，再下两场雨，就要入秋了吧。

过了十几分钟，茉莉恰好也加完班，从国贸那边过来接我了。回家的路上，她问我晚上的音乐会怎么样，我随口说"还成"。我又问她今天忙不忙，她说："这不明摆着嘛。"然后车里就陷入了沉默。已经有很长时间了，我们之间没什么话可说。

借着立交桥上彩灯的光芒，我偷偷把陈金芳的名片拿出来看了一眼。刚才没有看清，现在才发现，她的名字也变了。陈金芳已经不叫陈金芳，而叫作陈予倩了。她的变化真可谓内外兼修呀。

2

我第一次见到陈金芳或陈予倩，还是在上初二的时候。

那天刚下最后一节课，教室里乱糟糟的。大伙儿正准备回家，班主任忽然进来，宣布来了一位新同学。但我们往她身后张望，看到的却是空无一人。老师也有点儿诧异，又探头朝门外寻摸了一圈儿，喊道：

“你进来呀。在外面哨着干吗？”

这才从门外走进一个女孩来，个子很矮，踮着脚尖也到不了一米六，穿件老气横秋的格子夹克，脸上一边一块农村红。老师让她进行一下自我介绍，她只是发愣，三缄其口。老师只好亲自告诉大家她叫陈金芳，从湖南来，希望同学们对她多多帮助，搞好团结。

学生们随即一哄而散。在我们那所部队子弟学校，像陈金芳这样的转校生，基本上每年都能碰上个两三位。他们跟随家人进京，初来乍到时与这里的一切格格不入，好不容易熟悉了环境，跟周围人能说上话了，但却往往又要离开。日子久了，我们这些“坐地虎”就学会了对这些学生视而不见。反正他们随时会从教室里消失，与其深交又有什么意义呢？交朋友也是要讲究成本的。

更何况这女孩一眼而知是从农村来的，长得又挺寒碜，不管从哪个方面说都非我族类。我们咋咋呼呼地从她身边涌过，就像绕开了一张桌子或一条板凳。班上的几个男生跑到操场打篮球，我则倚着篮球架子跟他们臭贫。自从一次打球戳伤手指，造成半个月不能练琴以后，我母亲就严禁我进行这种活动了。就这么消磨到夕阳开始下坠，半边操场都被染红了，我才拎上书包，跟朋友们打个招呼，往校门走去。

这时背后忽然传来一阵哄笑。我循着笑声回过头去，看见了陈金芳。她手上攥着一只印有“钾肥”字样的尼龙口袋，跟在我身后几米开外。当我前行的时候，她便迈着小碎步跟上来，当我站住，她也站住，支棱着肩膀，紧张地看着我。

面对陈金芳的亦步亦趋，我也有点儿不知所措。我本想呵斥她两声，让她离我远点儿，但又一想，那样可能会招来男生们更加夸张的起哄。于是我尽量让自己眼不见心不烦，加快速度回家。

九十年代的北京，天空还相当通透，路上也没什么车。大部分机关职工都骑自行车上下班，前车筐里放着装满萝卜青菜的网兜，透着一股过小日子的家常味儿。我穿过当时的铁道兵大院儿，到长安街的延长线乘上4路公共汽车，经五棵松到达西翠路，下车后再往南步行十分钟，就能看见从小居住的那个家属院了。一路上，共有三尊毛主席塑像扬着手跟我打招呼。这天我的步伐格外快，还像个没规矩的坏小子似的挤到排队乘客的前面。看见院门口那几栋红砖板楼的时候，我的身上微微冒出了汗，而一回头，陈金芳仍跟在我身后。

我有点气急败坏地站住，等着她走近。陈金芳面无表情地朝我挪了几步，像直立的豚鼠似的两手捏着“钾肥”袋子，置于胸前。她突然对我开口：“我们家也住这里。”

我“哦”了一声，她又补充道：“我姐夫是许福龙。”

好一会儿，我才想起许福龙就是食堂里那个特会和面的胖子。他是山东人，靠着一手做面食的手艺，志愿兵期满之后又留在了我们院儿，而且还结了婚，把老婆也弄了过来。这么说来，陈金芳她姐我也见过，就是在窗口负责盛菜那位。那是个丰满的少妇，长着一对相当霸道的胸部，夏天不爱穿胸罩，两个乳头很显眼地从迷彩短袖衫里面凸出来。打饭的时候，我总听到后勤系统的人逗她：

“你的奶都要喷到饭盆里啦。”

遭受调戏的陈金芳她姐也浑不吝，抡着勺子笑嘻嘻地和人打闹。由此可见许福龙两口子人缘不错。院儿里还有个段子，就是许福龙家里人口多，吃饭挑费高，许福龙便每天蒸出包子、花卷，先往肥大的军裤裤裆里塞上两斤，然后像鸭子一样火急火燎地跑回家里。天长日久，许福龙的生殖器相当于每天蒸一次桑拿，便被烫坏了，失灵了。这个段子的指向自然是陈金芳她姐，众人都认为她那对胸部“可惜了”。而我面对陈金芳，却很想问问她，假如这个故事是真的，那么从裤裆里掏出来的热气腾腾面食，他们又怎么能够吃得下去呢？

但这时候，陈金芳就转头离开了。我家住在东边某栋红砖板楼的一层，她则要前往西围墙边上的那排平房。后勤系统雇用的临时工都被安置在了那里。

走之前，她还仿佛格外用力地盯了我一眼。

没想到，就在当天晚上，我又见到了陈金芳。那是在吃完晚饭之后，我父亲穿上军装去应付一个突然性的检查，母亲照例把我轰进自己的房间拉琴。到了初二时，我练习小提琴已经达到八年之久，因为技艺进展飞快，在乐团工作的母亲已经不能再指导我了。为了不“耽误”我，她领着我满北京遍寻名师，并且替我作出了明确的规划，那就是先拿下几个重要的青少年比赛奖项，然后考进中央音乐学院。这个目标无疑需要旷日持久的苦练，我关上包了一圈隔音海绵的房门，站在窗前，将琴托架在磨出了一成薄薄的茧子的下巴上。

那天我练习的是柴可夫斯基《d 大调小提琴协奏曲》。1994 年，大师帕尔曼首次来华，他热情地称赞过北京烤鸭之后，便在人民大会堂演奏了这首曲目，而那场演出的现场录音唱片已经被我听坏了好几张。此刻，头顶着被飞蛾搅乱的路灯灯光，我幻想自己就是坐在轮椅上的帕尔曼，而草坪上黝黑一片的颜色，则是如潮的观众们的头发和黑礼服。只不过一转眼，这种意淫就被隔壁老太太跟儿媳妇吵架的声音打断了。

也就是这时，我在窗外一株杨树下看到了一个人影。那人背手靠在树干上，因为身材单薄，在黑夜里好像贴上去的一层胶皮。但我仍然辨别出那是陈金芳。借着一辆顿挫着驶过的汽车灯光，我甚至能看清她脸上的“农村红”。她静立着，纹丝不动，下巴上扬，用貌似倔强的姿势听我拉琴。

也不知是怎么想的，我推开了紧闭的窗子，也没跟她说话，继续拉起琴来。地上的青草味儿迎面扑了进来，给我的幻觉，那味道就像从陈金芳的身上飘散出来的一样。在此后的一个多小时中，她始终一动不动。

当我的演奏终于告一段落，思索着是不是向她隔窗喊话时，一个女人近乎凄厉的喊叫声从远处的夜色中直刺过来。那是她姐在叫她呢。陈金芳嗖地一晃，人就不见了。

3

同学们是什么时候开始集体排斥陈金芳的？

她默默无闻地在我们班上耗一年，尽管没交上任何朋友，但却没像前两位借读生一样陡然消失，这已经算是个小小的奇迹了。有一度，她的座位曾经空了半个月之久，大家都认为再也不会见到她了，不过也没人觉得遗憾；但某一堂课开始时，她又赫然出现在了那里，仍旧沉默无语，老师一开讲，她就趴到桌子上睡觉。

学校里的课程，她从来就没跟上过。但学习差并不是陈金芳成为众矢之的的原因。大家另有理由。

理由之一，是她们家什么都吃。说这个问题之前，得先介绍一下这家人的人口构成。除了陈金芳及其姐姐姐夫这三个固定成员，那两间小平房里还不定期地住过陈金芳的妈、舅舅、叔叔婶子、表哥表嫂等人。暂居者的面孔虽然常变常新，但总的来说有一条规律，就是许福龙一直生活在外戚当道的局面里。那些亲戚有的是来看病，有的是来找工作，还有的号称什么也不为，就是见到别人“进了北京”，自己也想来“看一看”。有那么一阵，我每天早晨上学的路上，都能看见一辆平板三轮从西平房的拐角驶出来。登车的是陈金芳的表哥，一个梨形脑袋，此人的前额被产钳夹得极其窄，窄得不到巴掌宽，头顶还被挤出了一个妙不可言的尖儿。车后坐着陈金芳的妈，她患有股骨头坏死，走路画圈儿；一旁跟着陈金芳的表嫂，作为梨形脑袋的妻子，此人脑袋的质量自然也不会太高，尽管形状无异，但却有轻度痴呆的症状，爱流口水。这一支浩浩荡荡的队伍披星戴月，干的是收废品的营生。而这也是陈金芳家族在北京唯一能够立足的领域了，她的舅舅，一个仅有的看似聪明的亲戚，曾经雄心壮志地企图挺进代订火车票的市场，后来被一伙安徽人揍了一顿，连裤子都扒了，寒冬腊月里只穿一条秋裤，满脸是血地蜷在马路牙子上哆嗦。

关于陈金芳家人口之多、之杂乱，还有一个很直观的说法，是我们班的班主任提供的。她曾去家访过一次，回来感叹说：“窗台上只有一只刷牙杯，里面插着七八柄牙刷。”

同学们诧异：这样一来，怎么能分清哪支牙刷是属于哪个人的呢？如果她们家人不介意混用，又何必七八把？一把足矣。但陈金芳一家所要迫切解决的问题还不是刷牙，而是吃饭。在春夏之交，我们看见陈金芳她妈沿着院儿里干道上那排杨树走到头，再走到尾，一边画圈儿，一边往塑料兜里捡嫩杨花。院儿东头那棵半死不活的槐树，也被她们家人“号”得够呛。那些年的八一湖还不是封闭公园，水势也大，夏天男生常常下湖游泳，这时却看见陈金芳和她姐、她表哥赤脚站在滩涂上捞小鱼、摸螺蛳，甚至用竹签子扎青蛙。

客观地说，以当时北京的生活条件，再怎么困难的家庭，大米白面总还是吃得饱的，再说他们家还背靠着食堂，还有许福龙的裤裆这个秘密武器呢。他们的自力更生，主要是为了丰富副食。再也许，他们在老家就有这个习惯，只不过带到北京来就显得突兀了。

院儿里上了岁数的人感叹说：“三年自然灾害的时候，也就这个吃法儿了。”

更骇人听闻的一件事，是我们学校门口总游荡着一只交配过度，乳头耷拉到地上的野狗，这狗忽然有一天就不见了，而陈金芳家里却飘出了少有的肉香。

排斥陈金芳的理由之二，就直指她个人了。班上的女生恍然发现，原来她还是一个爱慕虚荣的人。这个迹象是逐渐显现出来的。最初，陈金芳一年四季的换洗衣服不超过三套，一件洗了另一件可能还没干，必须得穿着湿的来上学。后来衣服就多了起来，基本上来自于她姐，因此不是红配绿就是粉配紫，“怯”得要命。有一次，她居然穿了一件带垫肩的双排扣西服来上学，那衣服的下摆直垂到运动裤的膝盖上，简直像个唱戏的。这衣服还没穿够半天，她姐就风风火火地追到了学校，劈头给了陈金芳一个嘴巴，然后夺过西服出门办事。而陈金芳脸上印着几道红印，还若无其事地对旁边人解释说，她姐也准备“下海”了，准备开一个酒店。过了两个月，“酒店”还真开起来了，是菜市场旁边的一个小门脸，主营包子馄饨，一群菜贩子坐在露天条凳上吃。

陈金芳还是班上女生里第一个抹口红的，第一个打粉底的，第一个到批发市场小摊儿上穿耳孔的。后来我揶揄过她的烙铁烫头事件，也发生在初三那一年。那段时间，她简直把自己的脸当成了一片试验田，什么新鲜事物都敢往上招呼。她还穿过几天高跟鞋，那鞋不知是从谁家楼道里捡来的，一只鞋跟高，一只鞋跟矮，这导致她走路的时候也深一脚，浅一脚的，好像被遗传了股骨头坏死。

在同学们之前，老师已经看不惯她了。“陈金芳啊陈金芳，”我们班主任说，“你们家那么个条件，还穷嘚瑟什么呀？”

孩子的态度更要比大人极端得多，那几乎可以称得上是一场逐渐升级的斗争运动。刚开始是班干部公然用“品质恶劣”“忘本”之类的词汇斥责她，后来是女生对她翻白眼儿，喝来斥去，再往后居然发展到了动手的地步。一些男生用跳绳抽她，用粉笔头掷她，还用扫帚把儿捅她的后脑勺。干这些事儿的时候，大家都义正词严的，但作为旁观者，我必须得证明，陈金芳并没有招过谁惹过谁。时至今日，她每天在学校里说过的话都不超过十句。而说起虚荣，谁又没这个毛病呢？哭着喊着胁迫父母用半个月的工资给自己买一双“耐克”球鞋的大有人在。

对于一个天生被视为低人一等的人，我们可以接受她的任何毛病，但就是不能接受她妄图变得和自己一样。

“你们院儿的陈金芳”，这是别人对我提起她时常用的称呼。这么说的时候，他们挤眉弄眼，话里有话。有两个跟我关系不错的女孩儿遗憾地表示：“你呀你，怎么跟那人住一个院儿啊？”听她们的口气，陈金芳就是一块时时作痒的烂疮，谁要是跟她扯上关系，那可真是人生的大不幸。

我暗自庆幸，别人没有发现我和陈金芳之间的隐秘联系。自从见面的第一天，我们就把“演奏者”和“听众”的身份固定了下来。她会在晚上八点钟左右出现在我窗前的树下，我在拿起小提琴试音之前，也会望一望外面有没有那个痴痴愣愣的人影。随着我的手上功夫变得越发纯熟，陈金芳面目不清的身影也在发生着渐进的变化。她的个头长高了，轮廓的弧线也有了明显的凸出和凹陷。如果仅看剪影，任谁都会认为那是一个美好的、皎洁如月光的少女。不知何时开始，我的演奏开始有了倾诉的意味，而那也是我拉琴拉得最有“人味儿”的一个时期。

试想一下，假如不是因为这点交情，我会不会也像其他学生一样欺负陈金芳，甚至因为她“是我们院儿的”而欺负得更狠呢？我可从来没在道德品质方面过高地信任过自己。

对于我的演奏，陈金芳当然无法做到每场必到。她们家人多活儿多，下了学，她还得到食堂帮助许福龙扛面粉，或者把她妈收来的垃圾分门别类装进蛇皮袋。最长的一次缺席，发生在初三的第二学期，当时陈金芳家里发生了一个挺大的变故：她在老家的父亲正在从鸡屁股里面往外掏鸡蛋，突然就一头扎在鸡窝里，没气儿了。按照城里人的知识推测，可能是突发性脑溢血什么的，但是村里人不计较死因，只在乎结果。他们描述，将死者拖出来时，脑袋上糊着厚厚的一层鸡屎，连头发都变成绿的了。陈金芳的父亲去世以后，她母亲也只好放弃了对股骨头坏死的治疗，打算回家侍弄那几亩水田，而她们家的其他亲戚也深感京城的居不易，决定集体还乡。就在这个时候,陈金芳却拒绝回去。她坚决要求留在北京。

这个要求不仅遭到了她妈的反对，连她姐也不同意。家里的田不能不要，活儿不能没人干，而眼下，陈金芳已经成为了唯一的健康劳动力。从长远打算，母亲一定还指望着她结婚招婿，充当顶梁柱呢。况且，在姐姐姐夫这里寄人篱下，她又能有什么出路呢？留下来总不能马上到社会上去漂着，总得上学。但初中阶段属于义务教育，所以我们学校才不情不愿地接收了她这个借读生，而到了高中,别说学校不收她了,就是收,她也考不上呀。一个初中毕业生，在北京就和文盲一样的。

但是陈金芳听不进去。她像是吞了秤砣，铁了心了。家里人便开始围攻她，逼迫她，那些天里，西平房频频传来打、骂和砸东西的声音，那是一个人对抗一家人的战斗。也实在想象不出来，在学校里不吭不响的陈金芳，居然有着如此坚韧而泼辣的劲头。有一天我正打算练琴，邻居家的老太太过来还毛衣针，顺便拉着我母亲扯点儿闲话，三言两语就扯到了陈金芳身上。

“没见过那么犟的孩子。”消息灵通的老太太感慨，“都闹腾了多少天了？他们家把她轰出去，她就窝在院儿里墙角睡觉……说是宁死不走。说来也是，外地人来了北京谁愿意走呀？在这儿受苦也比回家强……现在又打上了，窗户都砸了。”

我母亲假客气着敷衍几句，就关上了门，但我却不知为何坐不住了。那天白天，我还在学校看见了陈金芳，这时回想起来，她的脸和身上的确都格外脏，后背上还黏着黑乎乎的一块煤灰。这大概就是露天睡墙角的结果吧。

我随意拉了一段练习曲，便独自开门出去。母亲问我干吗去，我说擦琴弓的松香用完了，想到另一栋楼里一个练中提琴的孩子家借一块。出了门，我沿着白杨树的林阴道一路向西，很快就看见了陈金芳一家人租住的那两间平房。果然有块玻璃被打碎了，屋里的灯光像橘子汽水一样泼出来，同时还有她们家人七嘴八舌的喊叫。因为激动，所有人说的都是湖南土话，我只能听懂个大意。她妈说陈金芳“翅膀没硬就想飞”，还说她“忘本”；她姐的话更实际一点，表示已经供她吃、供她穿好几年了，以后不想再供下去，“不养吃闲饭的”。

陈金芳针锋相对地反击，指出自己一直都在干活儿，何来吃闲饭一说？又表示留在北京，她也不住姐姐家了，“死就让我死到街上，反正你们也不是没把我轰出去过。”她越说越激动，同样的意思颠来倒去地重复了好几遍，最后干脆变成了尖厉的叫喊。那简直是泣血的哀号，虽然站在远处，我只能看见她颤抖不休的身影，但我猜想，她的表情一定是目眦欲裂的，甚至仿佛从嘴里长出了獠牙。

她喊得最响的一句话，是用普通话说的：“你们把我领到北京，为什么又让我走？为什么又让我走？”

这么喊的时候，她好像把体内所有的气一口喷出，随时都会晕倒在地。而没过两秒钟，陈金芳就真的倒了。她姐姐抄起了一根擀面杖，像在食堂抡勺子一样抡起来，划了个完整的弧线，落到陈金芳的天灵盖上。

打完之后，她姐也傻了，擀面杖扑棱掉到地上。门外两个看热闹的邻居叫起来："出人命啦！"而这时候，还是默不作声的许福龙比较冷静，他弯腰抱起陈金芳，撞开门，往医务室跑去。一大群人沸反盈天地经过时，我不由自主地往旁边让了两步，同时看见陈金芳在她姐夫胳膊上起伏的身体弧线，看见她的胸脯大幅度地隆起、下降。我还看见黑红色的黏稠的液体顺着她的脖子流下来，稀稀拉拉地洒在地上。

此后的两天，在上学的路上，我都能看到陈金芳洒在水泥路面上的血迹。那些血滴还算新鲜的时候，被清晨的阳光照耀得颇为灿烂，远看像是开了一串星星点点的花，是迎国庆时大院儿门口摆放的"串儿红"。没过多久，血就干涸污浊了，被蚂蚁啃掉了，被车轮带走了。而那起家庭暴力事件的后果，则是陈金芳付出了惨痛的代价，终于留在了北京。她继续沉默着出现在学校里，被同学们排挤、欺负，也继续在暗夜里来到我窗下，听我拉琴。

但自始至终，我也没有隔窗与她说过一句话。

4

再后来，我们就毕业了。凭借小提琴这个特长，我被圆明园那边的一所重点中学招收，开始了平时住校，假期才回家的生活。作为“金帆乐团”的首席小提琴，我有了许多相当正式的演出机会，参加过和国外学校合办的音乐夏令营，还跟不少“科教文卫”系统的头头脑脑握过手。我与陈金芳那拉琴和听琴的关系自然就此终止。那就像一个无关紧要的秘密，转眼就被当事人忘得干干净净。

在此后的日子里，我们仅仅见过屈指可数的几面。

记得有一次见她，是在高一结束，快上高二的时候。当时我刚参加完暑期的“全国青少年音乐联展”，带着一身海腥味儿从青岛回来。连着游了几天泳，再加上刚下火车，我疲倦得很，经过大院儿斜对面那一排小卖部的时候，一不留神踢倒了两个立在马路牙子上的啤酒瓶。啤酒是半满的，洒了一地白沫，我赶紧弯腰把它们摆正，但为时已晚。两个穿着灯笼般的大肥裤子、脖子上挂着大串金属链子的野小子追了上来，他们骂骂咧咧地推搡我，问我“这事儿怎么办吧”。

那些孩子大都是从丰台来的，有的是职高的学生，还有的干脆辍学在家。很多次，我看见过他们把老实巴交的中学生堵在墙角，一边抽嘴巴一边搜兜儿，连人家脚上的球鞋也抢。对于我们这些“大院儿”里的孩子，他们仿佛怀有先天的仇恨，只要碰上落单的决不手软。我话也不敢说，只是一味心惊胆战地后退，而这时，一条刺满了文身、龙飞凤舞的胳膊已经搭到了我的小提琴琴匣上。

“拿来我看看。”那人笑着对我说，嘴里露出一颗缺了一半的门牙。

这人我见过，是个赫赫有名的痞子，因为门牙的原因，外号叫“豁子”。那几年里，附近的恶性案件似乎都跟这人有关。更让我害怕的是，他对我的琴产生了兴趣。那是一把德国仿制的“斯科拉迪瓦里”，是我母亲托了不少人才买到的。

琴匣被粗暴地从肩膀上拽下来，我赶紧把它抱在怀里，同时弯腰蹲了下去。这是宁可挨揍也不撒手的姿势，痞子们果然被我的态度激怒了。他们骂着脏话，揪着我的头发，过不了几秒钟，拳脚就会准确有力地落在我的脸上、肋骨上。

就在这个时候，头顶上有个女声响起来：“你们丫撑的吧？”我保持着大便的姿势曲颈看去，望到了陈金芳的脸。

陈金芳穿着一双明黄色的塑料拖鞋，脚指甲都被涂成了艳红，它们星星点点地晃动，不知为何又让我想起了当初洒在水泥地上的血迹。再往上，是牛仔短裤下毕露无遗的大腿。她推开那两个小子，又把豁子拉开：

“算了算了。”

豁子似笑非笑地问她：“你认识这孩子？”

“说不上认识。”陈金芳干脆地说，然后加上了一句，“不过他是我们院儿的。”

听到她这么说，豁子不知为何露出了乏味的表情。他点上一支烟，鄙夷地踢了我屁股一脚：“滚蛋。”

我落荒而逃，连头都不敢回。跑到家里，心情渐渐平稳下来，我才开始诧异于陈金芳的巨大变化。让我诧异的倒不是陈金芳突然变得漂亮了，而是我当初从来没意识到她也是有可能漂亮的。她涂了透明唇膏，打了眼影，还染了一头耀眼的黄发，这样的装扮令她的脸棱角分明，甚至具备了西方人的立体感。她大面积暴露的肢体散发着蓬勃、咄咄逼人的肉感。更大的变化发生在她的眼神和表情上，过去那种食草动物一般怯弱、忍辱负重的神态早已无影无踪，取而代之的是肆无忌惮的泼辣与轻佻。再想起是这样一个陈金芳保护了我，我的耻辱感就更强烈了，那感觉比在音乐比赛上被技法更加纯熟的高手“盖”过去更加难以忍受。

当天晚上，院儿里的朋友在食堂的小灶为我接风。听说了我的遭遇后，两个虚张声势的小“顽主”先是号称要“灭了丫豁子”，但没几句话就把话题转到陈金芳身上了。在他们的描述中，陈金芳已经变成了一个著名的“圈子”，和公主坟往西一带大大小小的流氓都有过一腿。那些人中年纪小的和我们同龄，年纪大的足有四十多岁,是“文化大革命”时期遗留下来的“老炮儿”。她被豁子“带着”，也就是近两个月的事儿。与这次转手相伴的，自然又是一场血案，豁子曾经趁夜奇袭过陈金芳上一个“傍尖儿”，用一头裹着布条的钢筋把人家的脚踝打碎了。

此时的陈金芳被塑造成了妖娆、轻浮的红颜祸水，同时还具有了莫大的传奇色彩。朋友们眉飞色舞地议论她的时候，已经忘了就在一年前，他们还把她当成一个土包子踹来踹去。她也早就不住在我们院儿的西平房了，而是被谁“带着”，就大大方方地跟谁住到一起。这倒也实现了她当初对她姐姐说过的，“留在北京也不住你们家”的誓言。对于这个臭名昭著的妹妹，也不知她姐姐姐夫作何感想，也许他们管过陈金芳，但管不了，更也许，他们连管都懒得管。她姐的包子馄饨摊儿已经发展壮大，开始兼营给附近的小商铺送盒饭的业务，本来就忙得团团转了。

在青岛那个啤酒之乡，我都没有偷偷从宿舍溜出去喝一杯，那天晚上却不知怎么就喝高了。朋友们还以为我遭到了欺负，还在闷头生气，便纷纷劝慰我说“君子报仇，十年不晚”。我没接他们的话茬儿，独自默默地回了家，坐在自己的床上，垂头看着窗外泻进来的斑驳的月光。

出了会儿神，我突然站起来，拿出琴来。我仍然有点儿晕眩，但竭力站稳双脚，让腰杆笔直，演奏了圣桑的《天鹅》。这是作曲家在 1886 年完成的《动物狂欢节》组曲中的一个段落，旋律凄美哀婉，叫人心碎。

如今想来，我颇为当时的自己感到不好意思：哪儿来的那一股子泛滥的纯情劲儿啊，简直像怡红公子一样，逮着个女的就冷着脸对人家感时伤怀。我一边拉琴，一边抬眼望着窗外白杨树肃然的黑影，忧伤地寻觅着。我期待自己能像当初一样，发现陈金芳背手靠在树干上。如果这一幕出现的话，我会直视她早已大变的容貌，真诚地感受她浑身上下散发出来的少女的光彩。我还臆想着听我拉琴的时候，她那女流氓式的、满脸浑不吝的表情也消失了，取而代之的则是一派沉静与专注……她的脸上甚至还会带着和我一样的忧伤。

可是很遗憾，那天晚上，陈金芳压根儿就没在我的窗外出现过。理性地想一想，她再也没必要来了啊。以豁子为首的那帮人刚刚向她拉开了新舞台的大幕，她不仅留在了北京，而且陡然意识到自己成了红人儿，晚上正是她忙得不亦乐乎的时候。我的朋友们声称在很多“上档次”的地方看见她，比如说“民族饭店”旁边新开的那家韩国烤肉，再比如首体南路上的滚轴溜冰场，甚至还有崇文门外久负盛名的“马克西姆”餐厅。“带上”她之后，豁子还买了一辆二手的菲亚特“乌诺”轿车，这在当时的年轻人中，绝对称得上是石破天惊之举了。要知道，在九十年代中后期，司局级干部才能坐上国家配备的老款“丰田”或者“尼桑”，而拥有一辆私家汽车，无论大小，都已经是典型的“成功人士”的标志了。

也就是说，变成了“圈子”的陈金芳再也不需要到我这儿来解闷了。我们演奏者和听众的关系就此宣告结束。想明白这一点之后，我终于停止了拉琴。我的心里突然涌上了被人抛弃的感觉，假如再矫情一点儿，我几乎要吟出一句“从此萧郎是路人”之类的屁话了。可是不得不承认，在此以前，我是从来没打心眼儿里看得起过陈金芳啊。如今人家不来了，我倒一厢情愿地煽起情来……我他妈什么玩意儿啊。

那也是我第一次意识到自己身上充满了虚伪的、专属于知识分子的恶劣脾性。也怪了，从这个角度认清自己之后，先前的羞耻感反而消失了。我几乎是如释重负地躺到床上，转眼就睡着了。

在那之后，我还见过几次陈金芳，都是在暑假或者寒假期间。朋友们对于她的传言，有一些在我这儿得到了证实，有一些则存在出入。比如说，豁子的确开了一辆“乌诺”轿车，带着她穿街过巷，但那车并不只是为了兜风而买的，他们还用它来拉货。万寿路南边有一个小商品批发市场，豁子使出泼大粪、扔砖头等一系列青皮手段赶走了几个浙江人，接管了人家的摊位，陈金芳顺势又摇身一变，成了一个老板娘，专卖广东生产的便宜服装。我到那市场去给谱架配螺丝时，曾看见她着装艳丽地端坐在摊位后面，豁子则满头大汗地跑进跑出，从停在门外的车里将鼓鼓囊囊的蛇皮袋扛进来。此时此刻，他们的形象就不是流氓和“圈子”了，而是像极了一对勤勤恳恳的小买卖人。尤其是陈金芳，她与顾客讨价还价时那副熟练、老到的口气，让人很难相信她连十八岁都不到。只是在有人问起她本人身上穿的、质地明显精致得多的衣服“有没有货”时，轻佻傲慢的表情才会回到她脸上。

“想买这个呀？那得奔‘燕莎’。”陈金芳翻了个小白眼说，同时对豁子扑哧一乐。

看起来，陈金芳对眼下的生活状态充满了死心塌地的热情。按照这种趋势，她在此后几年、十几年中的轨迹几乎是可以想见的。比起现如今，当年的经济环境明显要宽松、公平得多，更关键的是机会遍地都有，只要能吃苦会算计，没有什么“背景”的人也能混得丰衣足食，甚至还能发笔小财，一跃进入暴发户的行列。陈金芳和豁子算不算得上情投意合谁也说不好，但起码，这俩人应该有一个共同点，就是都对金钱有着强烈的攫取欲；而在“兄妹开荒”的生涯里，他们的性格也会逐渐被磨砺得踏实、安稳。尤其是豁子，不大不小地吃几次亏，就能让他学会收敛自己的流氓习性和暴脾气。等到他们“姘”累了，会自然而然地结婚，繁殖后代，那时的豁子多半会梳上一个大背头，胳肢窝底下夹着真皮手包，整天忙活的事儿不是满嘴跑火车地谈生意，就是通宵达旦地打麻将；陈金芳呢，她的身体会发胖，她的皮肤和头发会一起变得干黄，她的手上脖子上还会戴个半斤八两的金首饰，她会满嘴脏话地骂丈夫骂孩子，但又随时随地琢磨着能为自家人占点儿什么便宜……

千万别认为我的这番形容有讽刺之嫌，告诉你，这就是那年头的男女“顽主”们浪子回头之后的典型形象。这也是我作为一个同学，对陈金芳报以的相当务实的祝福了。

可是无须展望多年以后，仅仅才过了不到两年，陈金芳就证明了我对她的预期是错误的。与此同时，我还让我母亲对我的预期也落了空。高中毕业后，我没有进入音乐学院，而是被迫改投了一所综合大学。尽管我从小到大拿过厚厚的一摞获奖证书，但却在最关键的“艺考”环节中被淘汰了。主持考试的教授对我的评价是：技巧有余但却缺乏灵感，如同一座过早发掘殆尽的贫矿，提升空间极其有限。他们断定我无论再怎么苦练，也不可能成为一个真正的演奏家，顶多作为一个娴熟的匠人在音乐圈儿里混日子。平心而论，这样的认识不可谓不客观，连我自己都心服口服。

也许是不忍心看到我那么多年的琴白练了，两个好心的老师还把我推荐给了普通高校的管弦乐团，为我换来了几十分的特长生加分。尽管最终拿到了烫金的录取通知书，但我的心情仍然颓丧极了，整个儿人沉浸在漫无边际的失败主义情绪之中。我对小提琴也迸发出了一种近乎生理性的厌恶，几乎一看见那玩意儿就想吐——这也是许多专业琴手改行之后的普遍反应。上大学之前的那个暑假，家人不爱搭理我，我也不想跟他们说话，整天不是把自己闷在屋里，就是骑着自行车在街上闲逛。我黑了一圈儿也瘦了一圈儿，骑车的时候也不抬头看路，而是低头盯着柏油路面上的斑点如蚂蚁迁徙般涌向身后。我还会恶狠狠地诅咒自己：让车撞死才好呢。

有那么一次，我骑着骑着，便真的撞上了什么东西。很遗憾也很庆幸，不是迎面而来的大卡车，而是前方的一辆三轮车。骑车那老头儿也没有嗔怪我，而是像掏自个儿裤裆那样捏着车闸，伸着脖子朝马路对面看热闹。

那里围了一圈儿人，尖厉的叫声不时响起。因为正在垂头丧气，我没心思看热闹，便想绕过那辆三轮车，继续漫无目的地游荡。但又一声女人的叫喊传过来，令我像听到熟人的召唤一样，不由自主地扭头。我果然在人堆里看见了陈金芳。

她斜坐在地上，背对着一家门脸崭新的服装店，店面的两扇玻璃门上分别印着血红的大字，一边是“精品”，一边是“时尚”。阳光滑过红字照在她脸上，仿佛流得一头一脸都是血。而她脸上确实还附着着许多汁液，大概是眼泪、鼻涕和口水混合而成的。陈金芳捂着她的腰，大口地喘气，旁边的豁子却揪起她的头发，令她像某种水鸟一样伸着脖子仰面朝天，同时用脚狠狠地踩向她的小腹与胯骨，发出了扑扑的声音，很像在踩一只暖水袋。男人打女人本来就很刺激，何况是打一个蜜桃般的年轻姑娘，群众发出轰然的感慨，有人不凉不热地劝架，却没人真上来阻拦一下。而在挨打的过程中，陈金芳始终是一言不发的，她只是尖叫，嗷一声，又嗷一声。我突然想起来，过去遭到班上同学欺负时，她也是这个反应。她就像个一捏就响的橡胶娃娃，当疼痛转瞬即逝，她便会归于平静。

也不知是怎么了，血腾地充满了我的脑袋。我头晕眼花，四肢却几乎自主地运转了起来：下车，过马路，冲进人堆，照着豁子的肚子踹了一脚。我从来没有真正与人打过架，因此那一脚踹得很没威力，豁子条件反射地侧了下身，就轻易躲开了。但他还是不得不退开一步，与我对峙。我的表情一定是咬牙切齿的，心里却绝无英雄救美的豪迈气概，而是一片百草荒芜的颓丧。学琴不成、苦功尽废，对自己深深的失望在这一刻膨胀发酵，演变成了破罐子破摔的寻死欲望。陈金芳被打成什么样我才不管呢，我的真实念头，竟然是想借助豁子的手，让他一刀把自己捅了。

我的出现登时让旁观者们“哦”了一声，我猜，他们中的许多人一定把思路往情感纠纷上引了：俩小伙子为了个“圈子”当街动手，多么俗套又多么让人激动。而豁子果然挺配合我的想法，他嘟囔了一句“你丫作死吧”，眼眶里流出空洞的、狼一般的光来。他的右手则缓缓地向牛仔短裤的屁兜儿摸过去。这种人出门都是随身带刀的。从他的眼里，我仿佛已经看到了自己的下场：血溅五步，像狗一样趴在水泥地上，四肢间或抽一下筋。这副耻辱的样子是多么适合给虚无的、没有意义的人生画上句号啊，十八岁的我盖棺定论地想。我的两腿开始打战，括约肌几乎失灵，费了好大劲儿才没让自己当众尿出来。这不是因为我怕死，而是我正在准备受死。

但只一转眼的工夫，那让人血脉沸腾、灵魂出窍的时刻就结束了。豁子插在屁兜儿里的手刚掏出来，便被一个匆匆赶来的警察攥住。警察熟练地使了个绊儿，把他按倒在地，手反剪在背后上了铐子，然后一边擦汗，一边公事公办地询问怎么回事儿。

群众七嘴八舌，半天也没讲出个头绪。而此时，豁子却一反常态，露出近乎委屈的表情来。他撅着屁股，脸被按在水泥地上，斜着眼睛看向陈金芳，缺了个口儿的门牙发出嘶嘶的哨音来。

“你是不是不想过了……”他挣扎着对她说，口气与其说是质问，倒不如说像是哀求，“你还有什么不知足的？”

陈金芳呢，她仍沉默不语。她的手还捂在小腹与胯骨的交界处，但表情是淡漠的，近乎凛然。面对豁子被挤得变形的脸，她的眼神如同在看一个陌生人。无论是警察还是围观的人，都竖着耳朵等她说点儿什么，但陈金芳始终没开口。她就那么坐着，仿佛出神入定了。

“你还有什么不知足的？”豁子又叫唤了一声。

警察倒是一副见多识广的样子，他嗤笑一声，拽起豁子，塞进微型面包车改装成的110巡逻车：“甭跟这儿散德性了，有话到所里交代去吧——那女的，你也得去。”

陈金芳便顺从着站起来，却没走向巡逻车，而是一瘸一拐地往店门里走进去。这时警察又把注意力转向了我：“有你事儿没有？”

我还没说话，陈金芳头也不回地甩过来一句：“没他事儿。”

“哦，那你算见义勇为的？见义勇为也得讲究方式方法是不是？”警察晃了晃从豁子那儿缴获的三棱匕首，换了种推心置腹的口气对我说，“听我一句话，国家少了你照转，你们家少了你——不行。”

然后他拍拍我的肩膀，让我哪儿来的回哪儿去，“就没工夫给你写表扬信了。”在众人的注视下，我仍浑浑噩噩，却没离开，而是跟在陈金芳的身后，拐进了店面。这是个新开的服装店，刚装修好，地砖的缝隙还勾着白边儿，不锈钢衣架上空空荡荡的，尚未来得及罗列任何商品。店面后面，有个简易的卫生间，陈金芳缓缓走到带镜子的洗手池前，仔细地梳洗。她拿毛巾把脸上的各种汁液擦拭干净，又长久地凝视镜子里的自己。站在她背后，我看见她眼眶和颧骨上泛起的大块瘀青，也看见她正透过镜子看着我。

毫无预料地，陈金芳转过身来，像鸟一样张开双臂。我便如同受到了什么神秘的召唤，一头扎过去和她拥抱。论个头儿，我已经比她高出不少，但身体却不知不觉地越陷越低，直到单腿跪着，脸埋在她的胸前。在摩挲的过程中，我感到她已经膨胀得相当可观的胸脯反复蹭着我的面颊、耳朵。我把它们挤得变形，它们则让我险些窒息。这还是我有生以来头一次与女性如此密切地肌肤相亲呢，那种气息和质感只在我的春梦里出现过。但是此时此刻，我却毫无邪念，就连少男下意识的血脉偾张也没有发生。我心里很清楚，这是一个失意人和另一个失意人的拥抱。陈金芳散发着近乎母性的慈爱，而我则想要从她那儿得到安慰。我希望有一个人和声细语地对我说：没关系，你所经历的都是小事儿，不妨碍世界照转生活照过……然而没人说话。我只能箍起臂膀，把陈金芳的腰越勒越紧。

和她相拥的时候，我是不是没出息地哭了，蹭了她一前襟的鼻涕眼泪？这个细节我是真忘了。但陈金芳的气味和触感却像冒烟的烙铁，在我的感官中留下了真切、不可磨灭的记号。

过了些日子，我顺理成章地到大学报了到。我父母大概认可了我这辈子必将沦为一个庸人的前景，从此对我的事儿不闻不问，我呢，更是年纪轻轻便开始学习着用混吃等死的心态应对生活，并且成效斐然。因为脾气出奇的随和，谈吐又不令人生厌，我在脂粉堆里相当如鱼得水，很快就交上了固定的和不固定的女朋友。记得第一次和女孩在路灯底下拥吻时，那姑娘突然推开我，认真地问：

“你以前没和别人这样过吧？”

我居然无言以对。这让她失望极了，那副表情简直像美国宇航员阿姆斯特朗跨出“人类的一大步”后，蓦然看到月球上插着苏联国旗。再往后我就学精了。当外语系的系花茉莉问出类似的话时，我先考虑了一下自己是否真的爱上了她，得到肯定的答案后，我笃定地说：

“当然没有，一直守身如玉地等着你呐。”

“骗人吧你？”茉莉既欣喜又羞涩地埋下了头。啊，原来她们在乎的只是一个态度。

在此情此景中，我会不可遏制地想到陈金芳。这时我陡然意识到，以前把她视为无关紧要的陌路人，这是在骗自己呢。陈金芳变成了我记忆中诡异的存在，她不是我的初恋，却又恍若初恋，她没跟我说过几句完整的话，却又是我绝无仅有的倾诉对象。这样的关系，从她第一次站在我窗外听琴的时候，就埋下了种子。然而现在琴已经被我束之高阁，陈金芳也不知去向了。

周末从大学回家的时候，我曾经专门去过最后一次见到陈金芳的那条街。街道没怎么变样，但服装店的店门已经紧闭，挂着小孩儿手腕粗的链子锁，张贴着转租广告。许福龙倒是又在我们院儿的食堂干了两年，陈金芳她姐的馄饨摊儿则因为卫生不达标被取缔了。后来，这对夫妻也离开了北京，据说是回老家继续开饭馆了。至此，陈金芳和她的家人像是电线杆子上贴的小广告，拿高压水枪一冲，转眼就不留痕迹。对于北京这座城市而言，这也是大多数外来者的命运吧。

曾经"带着"陈金芳的豁子，倒是与我有过一次不期而遇。那是在我大学刚刚毕业的 2002 年，帕尔曼第二次来华，他先在上海音乐学院开设了为期三周的"音乐大师班"，然后在北京举办名为"贝多芬之夜"的专场演出。因为小提琴已经成了我的心病，那次演出我本来不想去听，但又恰恰因为心病，开演当天，我便开始坐卧不安。踌躇良久，我最终还是坐车赶往人民大会堂。这时票已售罄，各路神仙正飘然入场，一队蛮横又神秘的豪华汽车直接堵住了会场入口，穿黑西服的警卫簇拥着一个打扮得像绣球似的胖老太太走出来，并厉声呵斥记者：

“别瞎拍。”

我在台阶下的小广场上晃悠着，想等黄牛上来搭讪。几分钟以后，果然有一个男人凑近过来，像电影里的特务接头一般掀开夹克衫的一角：“要票吗？”

“多少钱？”

“八百。”

“没那么多钱。”我说。这是实话，那时候我刚到一家国有事业单位上班，工资少得可怜，几乎每个月底都得到父母那儿蹭吃蹭喝。

那人转身就走，同时轻蔑地骂了一句：“操，没钱到这儿干吗来了？”

正是这个“操”，让我留意起这个在黑暗中面目不清的票贩子来。他的上舌音发得很不标准，听起来好像是漏气了。我跟上两步，借着一辆汽车的灯光，果然看清了豁子门牙上的那个洞。

他也认出了我，愣了一下：“你还好这口儿呢？”

我点点头，同时恍惚感到自己和他之间还有什么事儿没“了”。他不会再续前缘地捅上我一刀吧？豁子却咧开嘴，近乎粲然地笑了，然后以亲热的口气跟我谈起生意来。他表示，看在“过去在一片儿混”的情分上，可以给五百块钱把票转给我。

“这票我弄来也费劲，还得到院里找人去。”

但这个价格也超过了我的承受能力。我拒绝了他，索然地点上支烟，望着远处影影绰绰的人民英雄纪念碑发呆。

又过了一会儿，演出正式开始了，广场上的人群稀落了许多。豁子兜售了一圈儿，票仍没出手，便又绕回到我面前：

“一口价，二百。你还能听上上半场。”

我兜里的钱恰好还剩二百多。但这时我却改了主意：“算了。”

“别再往下侃了，这票进价就得二百。”他抬手看了看表，焦急地说。

我还没有答复他，却望见大会堂的工作人员已经在关闭正门了。十五分钟的最后入场期限到了，豁子的票彻底砸手里了。他的两个嘴角滑稽地撇了下去，既像哭又像笑，但却什么也没说，垂头丧气地转身离开。

我却追上去，邀请他找地儿喝一杯。豁子诧异了一下，随后和我乘公交车来到西单电报大楼侧面的一家酒吧。两杯啤酒下肚，他的情绪好了起来，话又碎又密。我们聊到了过去“那一片儿”的几桩神人神事儿，发现共同认识的人还真不少。显而易见，豁子如今混得不怎么样，掏出来的烟已经不是“万宝路”而是两块五的“都宝”了。他在追溯自己当年是如何挥斥方遒时，透出一种滑稽的英雄迟暮的气息。随着生活越发光怪陆离，那一代“顽主”的好日子终于过去了。而我则看准时机，把话题引到陈金芳身上。

“当初为了个‘婆子’差点儿跟你翻脸……用你们的话说，这就叫老鼠操猫 × 吧？”

“你跟她很熟？”

“真就是同学，在班上几乎不说话。你掏刀子的时候我差点儿都尿了。”

豁子爽朗地摆了摆手：“没必要害怕，其实我也是外强中干，就想吓唬吓唬你……再说后来警察不是来了吗？”

说到陈金芳的时候，豁子倒是心态平和。他歪着脑袋思考了半天，最后下了这样一个结论：“这女的，最大的优点就是——活儿好。”

“我没体验过……”

“那挺遗憾的。我前面‘带’过她的那几个人也这么说。”

至于其他方面，豁子对陈金芳其人的评价基本是负面的。他认为她没见识、上不了台面儿，脑子也笨，甚至还不讲卫生，“为了把丫身上的泥儿搓干净，那阵儿没少买老丝瓜。”他还后悔拿出本金来让陈金芳做服装生意，那买卖看似红火兴旺，实则由于不善经营，很快就赔了个底儿掉。而陈金芳呢，丝毫没为俩人的生计考虑过，手头已经很紧了，却还一个劲儿地逛商场、吃西餐，每逢北京有小剧场话剧、音乐会之类的演出，都会死磨硬泡地让豁子给她买票。他如今干的这生计，就是当年出来的路子。

“她整个儿一傻逼。刚进城的山炮儿我见多了，但就是没见过这么急吼吼地想要变成贵族的。”豁子越说越激动，索性既厌恶又懊恼地骂起街来，“我那时候真是色迷心窍，为了她跟老家儿都闹掰了，我妈干脆搬到我舅舅家住着去了……就这样丫还不知足呢，后来居然偷偷把店里所有的钱都拿出去，说是想买钢琴。我实在寒了心了，索性抽了她一顿，让她滚蛋……你那时候也够没眼力见儿的，上来就跟我乍翅儿，现在你评评理，那事儿换你你不跟她急？”

我莫名其妙地一激灵：“你说她要买什么？”

“操，钢琴。”豁子门牙漏气儿地说，“她也不知在哪儿认识了个乐团退下来的辅导老师，人家说她手长适合学乐器，她就死活非要买那玩意儿。当时我们刚刚把摊儿盘出去，租了个门脸房，手里就剩两万多块钱准备到广东上货呢。我刚开始也好好劝她来着，我说就算你真喜欢‘音药’，你能保证自己变成钢琴家靠它吃饭吗？顶多是一业余爱好，想买也得等挣了钱再说呀。可她就是不听，跟疯了似的，我把钱锁抽屉里她愣拿改锥撬开了……说实话，我到现在都不明白这人脑子里想的到底是什么……”

至此，我总算知道了豁子当街暴打陈金芳的前因后果。实话实说，仅论这桩事情，大部分人都能体会到豁子的委屈和苦衷。他浪子回头，对陈金芳仁至义尽，这样的故事简直像是从九十年代的香港烂片儿里扒出来的——可惜遇人不淑，满腔热血奉献给了一条欲壑难填的白眼儿狼。但再想到陈金芳，我固然不能否认虚荣、肤浅这些基于公序良俗的判断，但仍然感到了一股难以言状的悲凉。她曾经像孤魂野鬼一样站在我窗外听琴，好不容易留在了北京，却又因为一架钢琴重新变成了孤魂野鬼。滑稽的是，力劝陈金芳买钢琴的那位“辅导老师”，我也是认识的。那人水平其实还算可以，给不少小有名气的美声歌手当过伴奏，只不过说话办事完全像个神棍。他有个副业，是充当一家日本琴行的“顾问”，说白了就是推销雅马哈钢琴，为了那点儿提成，每当遇上傻乎乎的妇女儿童，他都会摩挲着人家的手惊叹：

“这跨度，这力度，不弹钢琴就是暴殄天物。”

我自然还联想到了自己学习音乐的经历。与陈金芳相反，我自打懂事儿伊始，就被家人往脖子上按了一把昂贵的小提琴。我没有过选择爱好的权利，因此感受到了和陈金芳相同的、孤魂野鬼一般的寂寥。最戏剧性的，莫过于我们俩人的结局：无论幸运与否，到头来都与音乐无缘。这么想来，当年我们那演奏者和听众的关系，又是多么的虚妄啊，虚妄得根本就不应该发生才好。

我那天晚上喝得酩酊大醉，自己的钱花光了，又揪着豁子的脖领子，抢了他的钱包继续买酒。豁子也喝高了，他嘴里吹着哨儿，把作废的帕尔曼音乐会门票掏出来，用打火机点着，和我对火儿抽了支烟。火苗把酒吧老板吓了一跳，他果断地把我们轰了出去。出了门，豁子犹在搂着我的肩膀抒情，含混不清地说“你这个朋友我交晚了”，我则把他甩在马路牙子上，头也不回地走了。

自从那次见过豁子，陈金芳在我的生活中便彻底断了音信。我到底没弄清她去了哪儿，也不再关心她去了哪儿。没想到，当我把她遗忘之后，陈金芳却又回来了。

5

在帕尔曼第三次来华的音乐会上偶遇后，我和陈金芳并没有马上建立起联系来。原因很简单，我本人陷入了前所未有的意志消沉。我离婚了。

离婚的责任当然在我，对于这一点，我从不讳言。经过多年的自我培养，我终于变成了一个彻头彻尾的混子。大学凑合着毕业以后，我父母最后对我尽了一次心，把我塞进了一家旱涝保收的国家单位，但只干了一年多，我就辞了职。打着“献身艺术”的旗号，我一边写着电影评论，一边做起了小剧场戏剧策划。在文化产业虚假繁荣的大背景下，我的几个创意还真被搬上了舞台，但很快，我就发现自己不是那块料。更要命的是，我跟几个编剧导演合股创办的那家皮包公司转眼就真的只剩了一只皮包，包里装着几部胎死腹中的剧本，此外还有一把欠条和两张法院传票。吃完散伙饭，我回到家，醉眼蒙眬地问我老婆茉莉：

“你在那个外企到底混得怎么样？”

结婚以后，这是我第一次打听她的收入，听到的数字差点儿把我鼻子气歪了——早知道守着这么个金矿，我还出去瞎折腾什么呀。进而，我潇洒地宣布：

“那我可开始吃软饭了啊。”

茉莉真是个侠骨柔肠的好姑娘。当初要跟我结婚的时候，她们家人就不同意，可她被猪油蒙了心，愣是谎称怀孕跟我把证儿领了。我辞职“搞文化”那阵，整天跟她云山雾罩地吹牛，而她却从来没跟我说过她早已经被提到了高级职员的位置。这是在照顾我那脆弱的自尊心呢。再后来，我连自尊都不要了，索性赖在家里吃她的喝她的，她也没表示过什么怨言。

“你这个人唯一的缺点，就是太不催人奋进了。”我曾经厚颜无耻地这样评价她。

她给我的回答则是：“那你呢，如果说还剩一个优点的话，那就是特别惹人心疼。”

我一想，她说得还真对。在我们那不长的婚姻生活中，她一直充当着半个老婆半个妈的角色，从身体到心灵全方位地呵护着我。不过人的忍耐能力终究是有限度的，有一天，她犹豫地告诉我，那家跨国公司把她送进了美国的商学院，毕业之后将转到洛杉矶去工作。

我叹了口气，对她说："那我就不拖你的后腿了。"

茉莉哭了，执意把存款都留给我。她的钱我本来没脸再要了，可她却说："如果你不要，那就是你甩了我而不是我甩了你了。我是女的，我更需要自尊。"

我只好顺坡下驴："嗯，那我就让你甩一次吧。"

我那早已像破抹布一样的自尊，居然卖出了如此丰厚的"包圆价"。离婚的事宜处理得非常快，我把茉莉送到机场，心平气和地勉励她："祖国人民盼着你争光呢。"而把这事儿通知我父母后，他们的态度居然是基于恨铁不成钢的幸灾乐祸。

"活该，"我父亲痛快地说，"谁跟你过谁受罪，我坚决支持茉莉休了你。要搁三十年前，我还到居委会把你当盲流举报了呢。"

然后他们就把海南的房子装修好，到那边老有所乐去了。所幸，在一片众叛亲离中，和我臭味相投的大学同学 b 哥收留了我，将我聘为他控股的一份画报的"文化版副主任”。凭借这个施舍来的闲职和前老婆留下的积蓄，我的生计总算有了着落，而因为无人约束，我索性过上了昼夜颠倒的放纵生活。那一阵子，我成了好几个糜烂圈子里的“常委”，哪怕不是圈儿内的饭局，只要能拐弯抹角扯上点儿关系我也踊跃参加——坐下就开始灌自己，喝好了便天南海北地插科打诨。久而久之，我落下了个“散仙儿”的称号，半熟不熟的酒肉朋友如同过江之鲫。付出了酒精肝和大脑轻度缺氧的代价后，我终于成功地克服了那如影随形、让人几乎想要自杀的抑郁。

2012年刚入冬，一位小有名气的画家在“798艺术区”开办个人展览，凑了大批闲人前去捧场，也给我打了电话。这人的画风就像他的经历一样复杂多变：最早是宏大题材油画，入选过好几个省宣传部的“重点扶持名单”；后来山东那边的官场盛行拿国画送礼，他就现学了半年“大写意”，牡丹花倒也画得雍容富贵；这两年大量游资涌向当代艺术领域，他又笔锋一转，创立了“立体现实主义的政治波普”这个流派——代表作是发廊小姐光着屁股学理论，点睛之笔在于画中人的阴毛不是画的，而是不知从哪儿找了一撮真毛粘上去的。

“芬兰伏特加管够，糊弄完那帮人傻钱多的老帽儿，咱们在院子里铜锅涮鲍鱼。”画家热诚地撺掇我。

我打了个哈哈：“就怕喝高了被你雁过拔毛。”

“放心，有女眷就不会用臭男人的毛。我可是如假包换的现实主义画家。”

我粗野地与其对笑，挂了电话出门。天色阴沉，太阳在鸡蛋壳似的云层后面透出些微光来，半空中飘洒着零零星星的雪花。车开到东四环上，恰好碰上警察封路造成了大范围拥堵，当我好容易蹭到画展现场，那个废弃厂房里已经挤满了秃子、大胡子和冷天里浑不吝地穿着旗袍的女人，众人像反刍的偶蹄科动物一样来回踱步，煞有介事地交头接耳。

“盛况空前吧？”画家踌躇满志地搂着我的肩膀，给了我一个俄罗斯式的熊抱。

“嗯，大家装 × 都装得很在状态，就不需要我再煽风点火了。”

“报道也不用你写，美院俩学生会把通稿发给你。”他塞给我一只酒杯，把我引到休息区：“留点儿量别喝高了，一会儿还有几位有分量的人要来呢。”

我靠在沙发上，和几个点头之交的“画评家”聊着天，不知不觉混到了天黑。这时，展区的普通观众已经基本散去，画家也接受完了采访，却仍庄重地站在门口，片刻从外面迎进一小队人来。

这就是所谓“有分量的人”了。领头那个我在新闻里见过，是个什么协会的副主席，他身后跟着的，则是几个艺术品投资商和画廊老板。在队尾，我赫然看见了陈金芳。她今天穿着一件纯白的雪貂短大衣，头发像宋氏三姐妹似的在脑后绾了个鬏儿，正热络地和一个核桃般满脸皱纹的男人聊天。上次开车接她那个小伙子侍立在陈金芳身后，眼馋似的东张西望。

我站起来，对她扬扬手。陈金芳却对再次偶遇并不吃惊，她对我笑笑，继续与人说话。画家忙前忙后地招呼这群人，又开了两瓶“正宗的波尔多”。看画的过程中，一旦谁提出什么问题，他立刻会出现在那人身旁，详尽地解释自己的“创作动机”。一时间倒好像在七仙女中使了分身法的猢狲。

要客并不久留，副主席祝贺完画展圆满成功，就带着秘书翩然离去了。投资商们预订了几幅并不贵的作品，也集体告辞。只有陈金芳没走，她说自己公司恰好没事儿，回去路又堵，索性留下来蹭饭。

画家豪迈地挥手招呼工作人员："摆桌，支锅子。"

晚宴是在厂房一侧搭建的玻璃棚子里召开的，四面都是一片飘飘荡荡的雪景，大马力的空调暖风却让女客们脱了外衣，露出白晃晃的膀子，视觉效果相当奇异。有个风雅之士掉书袋，说《儒林外史》里也有异曲同工的赏雪亭。我端着酒杯坐在一只铜锅对面，陈金芳也凑了过来。她从包里拿出化妆镜，审视了一下自己的容貌，我给她倒了小半杯红酒。

这时她才跟我说话，上来就是嗔怪："你怎么也不跟我联系呀。"

"知道你现在是忙人。"

陈金芳嘟着嘴，攥起拳头打了我一下："你这人最没劲了，不就是不爱理我么。"

看到她跟我一派烂熟的模样，旁人不免对我有了几分艳羡。画家来到我们身后，搂着我们的肩膀往一块儿挤："你们以前认识啊？怎么也不告诉我？"

"……多少年的交情了。"我含糊着搪塞。陈金芳则面无表情地给自己挟着醋拌裙带菜。

"那我就省事儿了。"画家用力拍着我说，"替我照顾好她。要是人家有什么不满意，我拿你是问。"

话虽这么说，吃起来之后，画家还是殷勤得紧，屡次三番绕回来向陈金芳敬酒，并要求她一定要尝尝听音乐长大的雪花肥牛："嚼没嚼出勃拉姆斯的味儿？"他的举动很好理解：即使不是作为席间仅存的"要客"，陈金芳也称得上在场女性中最出彩的一个了。她不疏不密地笑着，坦然接受主人的恭维，显得仪态万方。

我有点儿坐不住了，站起来要给画家腾地儿："要不咱俩换换，你坐我这儿？"

陈金芳马上拽了拽我的袖子："咱们还有好多话没说呢。"

对面的两个人挤对画家"不识趣儿"，弄得他有点儿尴尬。陈金芳便主动跟画家碰了下杯，宣布自己已经跟柏林的一个基金会达成了合作意向，准备把中国"有创造性的"艺术家集体打包，推出去一批，名单上一定会有他的名字；假以时日，海外画展也是水到渠成的了。画家正忙不迭地表示自己"也不是那么在乎虚名"，陈金芳又随意指了指那个跟着她来的小伙子：

"这是胡马尼，虽然没上过美院，但是一个挺有才华的民间画家。现在他在我那儿帮点儿忙，以后还请你多提携。"

“名字挺有意思，”画家跟小伙子握手，“异族？”

“不不，艺名。”胡马尼双手递上名片。

他们寒暄的时候，陈金芳又扯着我嘀咕起来：“这人你觉得怎么样？”

我瞥了瞥画家：“你说的是人还是作品？”

“假如把人当成作品包装一下呢，唬不唬得住人？”

“没准儿吧……不过像这样的，宋庄那边一抓一大把，价钱都比他低。你要真签了他，最好让他再多说点儿过激言论，外国人喜欢这个调调。”

“那自然，在国内被禁了才好呢。”陈金芳很内行地与我相视而笑，再往下聊开去，口气就真像是贴心贴肺的“自己人”了。她说她刚转行做“艺术品”这个行当，虽然颇受几个半官方行会头目的赏识，但毕竟在圈子内人脉还不够熟。我说可以帮她介绍一些人，提了几个名字，果然让她大感兴趣。然后她又拉着我去给桌面上的其他人敬酒，倒把胡马尼撂在了一边。几杯下肚，我也孟浪起来，说了几个半荤不素的笑话，逗得那群人直拍桌子。

一顿饭吃完，已经近夜。雪下得越发大了，外面路灯下的空地亮如白昼。我果然喝多了，不能开车回去。

打电话叫代驾，人家嫌天气不好不愿意来。画家劝我索性在展厅楼上的办公室凑合一夜算了，陈金芳却有个提议：她开我的车送我回去，胡马尼再开着她的车到我家门口接她。我说太麻烦了没必要，她却不由分说地从我手里抓过了车钥匙。

一行人出门上车。胡马尼钻进那辆“英菲尼迪”时，我分明看到他向我投来气鼓鼓的眼神。这让我有点儿惴惴的：谁知道那小伙子跟陈金芳是什么关系呢？每次都看见他们出双入对的。于是我对陈金芳说：

“不合适吧？那么使唤人家。”

“你说谁？那孩子？”陈金芳说，“不使唤他使唤谁呀——他以为他是谁呀，一天到晚的不知天高地厚。”

我倒不知道胡马尼到底怎么“不知天高地厚”了，但却明白，就像陈金芳过去的生活我不便再提，她如今的状况我也没必要多问。但是不问过去也不问现在，我和陈金芳眼下的这种熟稔，就像是无凭无据的空中楼阁了。我有点索然，把车窗打开条缝，呼吸了两口新鲜、刺激的空气。她的技术显然不大应付得了雪地，再加上我那辆咯吱乱响的雪佛兰很不好开，因此刚开始并没什么话，只是瞪着眼谨慎驾车。但没过一会儿，车驶上紧急撒了一层化雪剂的环路，陈金芳便开始喋喋不休地独白起来了。

我很难抓住陈金芳的谈话思路，那几乎就是杂乱无章的呓语，跳跃得堪比风行一时的“意识流写作”：上一句还在抒发她在事业上的雄心壮志，下一句就开始说她喜欢某家餐厅的装潢。对我的态度呢，也一会儿是孩子气的亲热，一会儿又变成混杂着傲慢的满不在乎了。总之颇让人有错乱感。但比之过去，她已经不再是一个内向的人了，而是变得很热衷于自我表达，并且对自己的生活相当满意。

就这么她说我听，车子开到了公主坟西边那个大院门口。离婚以后，我就搬回了父母的旧房子。陈金芳说：“你还住这儿？”

“对，没怎么离开过。”

她忽然沉默了，门岗放行后缓缓开了进去。老家属院早已车满为患，连便道上都停得密密麻麻，我指挥她把车子横在了一块斑秃的草地上，然后立起领子，将她送出院门。

走过尚未拆建翻新的食堂时，陈金芳凝望了两眼，感叹道：“都多久没回来了。”这自然让我想起了她姐和许福龙。然后，她又扭头往西望去，找了找过去那片衰败、杂乱的平房，可惜未果——“西平房”在几年前就被拆除了，如今变成了一栋租给保龄球馆和歌舞厅的综合性建筑。

“你可真是锦衣夜行了。”走回院门口，我低头看着她那亮得夺目的雪貂皮大衣，一半恭维一半取笑地说。

陈金芳一笑：“说得跟我多想显摆什么似的。”这时胡马尼已经把车停在路边候着了，他正敞着窗子抽烟，也不嫌冷。陈金芳上了车，突然又探出头来，向我做了个打电话的手势：“你要不愿意找我，我可找你了啊。”

我挥手和她作别，慢慢往回走去。晚上喝的酒有点儿上头，我的太阳穴一跳一跳地疼，脚踩在积雪上也深一步浅一步的，有两次险些滑倒。拐到某条岔道上，我猛然看见雪地表面上散落着稀稀拉拉的一串红色，第一反应居然是血，而且错乱地以为是陈金芳当年洒在地上的血。这个想法让我心惊肉跳，幸亏走近了，才看清是一只被扯得稀烂的超市购物袋。谁家狗又撒欢儿了。

6

那次以后，陈金芳果然主动约了我两次，一次是在东四十条的“大董”烤鸭店设宴为某个刚从国外回来的摄影家接风，另一次则是她公司开办的新年聚会。在第二个场合上，我说到做到地为她引见了几个文化口的记者和在绘画圈子里“相当有分量”的研究者，也见识了她的公司：地点在北五环外一个区政府开设的“创业产业园”里，三层小楼的一层和二层分租给了咖啡馆和书店，第三层是通透敞亮的办公场所。陈金芳在自己房间的墙上挂满了与各路头面人物的合影，不知是买来还是别人奉送的画作与雕像则杂乱无章地摆在外面的大厅里。一眼就可看出，她的公司还没有正式运转开来，地毯和墙面还散发着化学材料的味道。而在这个园子里，如此这般大大小小的公司起码不下二十家。

她那儿干活的人很少，除了永远在场的胡马尼，其余就是两三个大学还没毕业的实习生。不过这也符合这种公司的特点：人手并不必多，只要路子够宽，手头的现金充裕，便可以游刃有余地低买高卖。事实上，这也正是陈金芳给人们留下的印象。她与任何人都能自来熟，盘旋之间挥洒自如，俨然“摆开八仙桌，招待十六方”社交名媛。三言两语涉及“业务”的时候，她嘴里蹦出来的不是百八十万的数目，就是那些如雷贯耳的名号。

“这位女士是什么来头，你清楚吗？”端着高脚杯分头闲聊时，一个报纸副刊的编辑问我。

“其实真说不上熟，是她非想认识你们，我才招呼你们来的。”我说。

“像她这样的人，基本上逃不出两种可能性。”那位编辑沉吟片刻，一副见多识广的样子，“一是外地哪个土财主的外室，再不就是领导干部的家人。这种买卖投资未必小，赚钱却不见得有保障，有这些资金，开个饭馆要稳妥多了，所以一门心思钻进来的，不少人都是阔小姐开窑子——纯图一乐儿。”

我望了望大厅中央穿着小礼服的陈金芳，饶有兴致地问：“那你看她是哪一种呢？”

“都像，也许两者都是吧。”

我笑了笑，不再多嘴，独自走向大厅角落里的那台“山水”音响。音箱上的实木架子里，竖插着好几排古典音乐CD，种类相当之全：莫扎特、贝多芬、门德尔松、西贝柳斯……我挑了张帕尔曼演奏的柴可夫斯基《a小调钢琴三重奏》放进唱机。在这个版本中，与他合作的钢琴家是同样声名赫赫的阿什肯纳齐。但乐声刚一传出来，我便意识到自己的选择很不妥。那旋律太凄凉了，尤其是小提琴部分，简直是在眼泪汪汪地哭诉。事实上，这首乐曲是柴可夫斯基为悼念鲁宾斯坦而写的，是一首不遮不掩的挽歌。《日瓦戈医生》里也提到了这部三重奏，一曲未了，女主人公拉拉就得知了母亲死去的噩耗。

而眼下的场合可是新年聚会呀。满堂的红男绿女都被笼罩在一层古怪的气息里，两个敏感的人狐疑地朝我看过来。我慌了下神，赶紧把那张 CD 拿出来，随便换了张维瓦尔第的《四季》。直起腰来，我的眼前炸开一片繁花似锦的视觉效果，陈金芳笑盈盈地站在我面前。

因为兴奋，她的脸上直泛红光："谢谢你啊。"

我知道，她指的是我带来的那几位"有用的人"。方才她与他们应酬得很成功，没准已经预约下好几个版面的专访了。对于一个名大于实的行业而言，"牛皮能吹多大，舞台就有多大"，这是早年成功者的经验之谈。我不好意思地笑笑，谦虚道："真别客气，具体哪块云彩能下雨，还得看你善不善于挖掘了。"

"没看出来你成天无所用心的，其实能量还挺大。"陈金芳举起喝香槟用的郁金香形杯子，跟我碰了一下，"真是朋友多了路好走，我要是早点儿碰见你就好了。"

我意识到，我们之间的谈话正在向特别没劲的方向发展，便没接她的茬儿，掏出烟来点上。她却伸出两个指头，轻巧地从我的烟盒里捏出一棵叼在嘴上，等着我为她点火。

不远处的胡马尼又在不满地盯着我们了，此时他的眼神简直是凛然而愤怒的，让人想起刚撒尿划完地盘就被主人轰出去的小狗。这副模样反倒激起了我挑衅的欲望，我故作温存地笑着，响亮地拨开金属打火机的盖儿，欠身为陈金芳把烟点上。她轻轻吸了一口，在过滤嘴上留下了鲜红的唇印。我敢说，她夹着烟横置于脸颊一侧的姿态，多半是从奥黛丽·赫本在《蒂凡尼的早餐》里那张著名的海报上模仿来的。

“跟你说真的呢，我挺想感谢你一下的。”陈金芳重又开腔，“你眼下缺点儿什么，不妨告诉我……”

“第一缺德，第二缺性伴侣——忘了告诉你我前一阵刚离婚。”我条件反射似的打断她，“头一样你帮不上忙，第二样我不大好意思找你帮忙。咱们毕竟小时候就认识，杀熟的事儿我不爱干。”

她仿佛被我的流氓口吻小小地惊着了，半张着嘴一愣，但眼里涌出更多的笑意。随后，她斟酌着措辞道：“你这是跟我客气呢吧？我看得出来。虽然我知道跟你说这些挺俗的，但眼下我并不缺钱，而你呢，看起来手头又不那么宽裕……”

“真不是客气。”我索性直抒胸臆，“比起你我肯定是一穷人，可我也没觉得自己过得有多凄惨。用崔健的话说，‘反正不愁吃反正我也不愁穿，反正实在没地儿住就跟我父母一起住’，比起那些狠捞人间造业钱的主儿，我宁可把自个儿的欲望尽量降得低一点儿，当个无伤大雅的寄生虫，这也是一个混子、一个犬儒主义者最起码的道德标准了——我的普通话你听懂了吗？”

“你这话有点儿偏激。”

“就算是吧……难道你认为我活成这样儿是通达的结果吗？”

陈金芳晃了晃手里的烟，表示不想与我争辩。但没过两秒钟，她又换上了一副真诚而又单纯的表情，对我说：“我真觉得你不再拉琴特别遗憾。”

“没什么遗憾的。我在那方面其实没什么过人之才，成不了真正的演奏家，顶多就是一‘伤仲永’……”

“你又在钻牛角尖了。”这次，陈金芳打断了我说，“拉琴就是为了成为演奏家吗？你这么自诩脱俗的人，怎么考虑起这件事情又那么功利。难道你现在不还是喜欢音乐的吗？音乐完全可以成为你的爱好呀。”

我居然被陈金芳说得哑口无言。这是她头一次对我使用尖刻的语气，而说实话，她句句捅在了我的软肋上。气氛登时有点儿僵。我捏着行将熄灭的烟头，佯装四下找着烟灰缸。她舔了舔嘴唇，往回找补了一句：

“再说了，别人觉得怎么样我不管，对于我来说，你已经拉得美极了。”

这话让我再次恍惚，仿佛回到了从前，她站在窗外听我拉琴的那个年代。记忆中树下瘦小的人影，竟然与眼前这个仪态万方的丽人重合了起来。这时，前几天宴请过我们的那位画家凑了过来，热情地揽住陈金芳的肩膀，说有一件“神秘的礼物”要送给她。

“你猜是什么？”画家挤眉弄眼地问陈金芳。

“你还能拿出什么，无非是一幅画——她的画像。”我随口说。

“跟聪明人混在一块儿就这点不好。”画家哈哈大笑，“想卖个关子都那么难。”

我近乎恶毒地打趣：“也不知道你给她粘了一撮什么样的毛。”

那幅画倒不是画家独创的“立体现实主义”，而是传统的人物静态油画——文学杂志“封二”上常见的那种风格。画里的陈金芳穿了件纯白的连衣裙，侧坐在带靠背的木椅子上，背后是一扇阳光倾泻的落地窗，表情相当恬静。我认出那背景就是画家在小汤山附近的画室。看来这段时间里，他们也打得火热。

在众人的簇拥与恭维下，陈金芳直面画里的自己，夸张地拿手捂住两颊：“你把我画得太漂亮了。”

“你是批评我画得不像喽？”画家说。

“那怎么可能。”

“这么说，你就是承认自己漂亮了。”

其他人也不遑多让，我带来的那几个朋友纷纷发表见解，主题无一例外，都是借画捧人。最初陈金芳还有点儿不好意思，但听得多了，便开始两眼熠熠闪光，浑身上下的每个毛孔都焕发着能量，使她的真人比画像更加璀璨。

“胡马尼，你看看人家——还说自己也是画画的呢，你画什么了？翻来覆去就是你们村儿那两头牛。”她还不忘对远处的胡马尼撇过去一句。

这时我发现，我和胡马尼都被甩在人圈儿外面了，我们一个守着音响，一个斜靠吧台，像棋盘上不尴不尬的两枚孤子。我又观察了一下那小伙子的脸，居然读出了类似于忍辱负重的意味。我并不是那种在哪儿都要充当焦点，受不了半点儿冷落的人，但还是对眼下的气氛感到不舒服。于是我趁没人留意，到门廊找到自己的大衣，匆匆溜走了。

新年聚会以后，陈金芳有两个多月没联系我。我想，可能是她觉得我的不辞而别很失礼，或者是对我那天谈话时的话里带刺儿感到不舒服了吧。如果是前者，我固然承认自己不够周全，但要是因为后者，我却不觉得有什么需要反省的。说真的，身处于如今这样一个环境、这样一群人中间，我还认为不能随时随地破口大骂是压抑了自己呢。而这样的心态，也可被视为自己“仍然年轻”的表现吧。在那个千年极寒的冬季里，我照常到单位点卯，照常被拉去赴各种各样的饭局，照常往海南打长途电话“问阿玛、额娘的安”。我逐渐适应了有序但却杂乱、热闹但却孤单的离婚生活。

在一些有艺术圈儿朋友到场的饭局，我越来越多地听到人们提起陈金芳。当然，他们说的那个人名是“陈予倩”。关于她的传闻正在向离谱的方向发展，有人说她是某个国学兼房中术大师新收的入室女弟子，还有人说她靠和“异见分子”同居，从国外反华组织那儿骗来了大笔经费。根据我和陈金芳的接触判断，这些当然都是谣言，但也说明她混得越来越风生水起了。要是再有机会见面，我真应该恭喜她才对。

到了春节临近时，场面上的事儿就少了下来。我的狐朋狗友不是回了老家，就是陪着亲戚准备过年了，只有我因为懒得到海南听我父母训话，继续孤零零地晃荡着。各个单位还没正式放假，但北京已成空城，大街上的汽车少得让人发瘆，天空中零星绽放着急不可待的焰火。全球性的经济衰退已经持续了两年多，各国股市哀鸿遍野，国内许多产业举步维艰，尽管政府狠狠地给基建领域打了几次鸡血，但却不敢再着脸显摆“这边风景独好”了。赵本山和他的弟子也宣布不再参加今年的春晚，四面八方的气氛倒显得消停了不少。

大年二十八那天晚上,我正给一家报纸赶稿写着“贺岁档”的电影评论，突然接到了陈金芳的电话。她问我过年怎么打算，我说预备了一些速冻饺子。她扑哧一笑，让我赶紧到民族饭店旁边的一家老牌韩式料理来：“说得这么可怜，给你补补油水吧。”

我三笔两笔敷衍完稿子，开车沿复兴路向东，很快找到了那家餐馆。让人意外，陈金芳并不在包间里，而是一个人坐在大厅中的一张散台后面。她穿了件领口开得很低的洋红毛衣，薄呢子短大衣搭在旁边的座椅靠背上，脸似乎瘦了一圈儿，眼睛都被撑大了。

我向她招了招手走过去，问她："别人还没到？"

她说："没别人，就咱俩。"

我更意外了："连胡马尼也不来了？"

"回老家了。"陈金芳不以为然地撇撇眼睛，"再说他又不是我什么人，干吗到哪儿都带着他啊？"

听这口气，她和胡马尼之间或许有了点儿龃龉。但我知道，这是我没必要感兴趣的事情，就是感兴趣也不合适问。于是我坐下来，呷起了大麦茶，陈金芳让服务员上菜。尽管饭就俩人吃，但她仍然安排得很丰盛，点了大块牛排、腌牛舌、羊纽约克、鳕鱼和肥瘦参半的五花肉。我还多要了两盘餐前小菜里的辣椒烧牛肉，并评价说："跟过去大院儿食堂做的一个味儿。"

我眼花缭乱地看着服务员操练各种兵刃对付炉火上的肉，间或抬头和陈金芳对视一眼。我发现自己看她时，她也总在看着我。我问她前一阵忙什么去了，她说就在北京"处理点儿事"，另外还到香港参加了一个规模不大不小的艺术展。“总之忙得马不停蹄的，刚回来就找你来了。”假如她说的是真的，那么可以判断，我上次的不辞而别并没有得罪她。

“在香港又有不少斩获吧？”我说。

她仿佛强打起精神，说自己又见到了哪些人：香港电视台一个新闻评论员，说话时假牙总有喷出来的风险；九十年代流窜出去的一个气功大师，现在还在给人看风水；几个艺术策展人，其中有一位正忙活着往维多利亚湾里放一只巨大的吹气儿鸭子。她还说自己住的地方就是当年“哥哥”跳楼的那家酒店，时至今日还有不少矫情男女前来烧纸。

随后，她立刻露出乏味的表情：“也没什么大意思。”

她已经下了定论，我也就不好再品头论足了。我们一边吃饭，一边转而说起家常话题。我问她过年怎么也不回家，她说没有回去的必要了，反正家里也没人了。我说你姐和你姐夫呢，她随口说了句“也做买卖呢”，便扯回我的身上，问我为什么离婚。

“人的忍耐都是有限的，没跟你说我一直吃着软饭呢么？她能坚持这么久已经难能可贵了。”

“作为朋友，我真替你们可惜。”陈金芳像电视剧里的女配角那样贴心而诚恳地说，“而且我觉得错儿主要在你。人家当初跟你结婚，肯定既不是图你的财又不是图你的色，而是真喜欢你这个人——你们是有感情的。”

我说：“你就别往我的伤口上撒盐啦，我已经对所有熟人都承认自个儿是一浑蛋了。”

“你这样的男的呀，”她说，“优点在于敢于贬低自己，这显得很有自知之明；缺点则在于你总是觉得贬低完自己，就有资格去伤害别人了。”

“你让我无话可说。”我对她的判断心服口服，并再次惊诧于陈金芳对我这个人的认识程度。那感觉，就好像她跟我共同生活了许多年，而且一直在观察我，琢磨我。这不由得又让我想起了当年。难道那隔窗而奏的琴声在我们之间建立了心有灵犀的默契，使得我本性中的懦弱、卑琐在这个女人面前暴露无遗？这近乎玄而又玄了，也说明所谓“知音”并非仅限于那些高山流水的典雅情操。

沉默半晌之后，陈金芳又对我提起了那个老话题：“你现在真的不碰琴了么……哪怕一个人的时候？”

“嗯。”

“听我一句劝，没必要跟自己较劲。假如你想通过这种方式来否定自己以前的生活，那么也只能说明你还没长大。哪怕没机会当一个真正的演奏家，那也没什么呀，换个角度想，你毕竟掌握了一项特别的手艺，这已经让你比别人活得丰富多了……我挺羡慕你的。”

这一次谈到小提琴的事儿，陈金芳的话没有激起我的逆反情绪。我掩饰性地笑了笑，但自己明白脸上的效果一定是皮笑肉不笑。好在陈金芳也没有再接着说下去，而是又把话题转到了别人身上。她说起那个“立体现实主义”画家，毫不避讳地痛斥那人“太功利，太庸俗了”，但说到具体的事儿，却又语焉不详。据我的猜测，好像是画家想从她那儿预支一笔钱来租一处更好的画室，还催她赶紧把国外画展的场租费交了，然后安排他跑一趟欧洲。

“可是做这些投入之前，我总得先做个评估，搞清楚他有没有被国外那些人认可的潜质呀。这么火急火燎的，反而让我觉得他把我当成冤大头，只想从我这儿捞一票。”陈金芳皱着眉头抱怨说。

我跟那画家也不熟，便和了句稀泥 ：“你得理解那个岁数人的心态，他们总觉得自己错失了许多机会，因此想要在各个领域拽住青春的尾巴。”同时，我忽然有点儿纳闷：难道陈金芳专门把我约出来，就是为了跟我闲聊天，扯这些不咸不淡的话题吗？

这个疑惑在晚饭结束后才被解开。炉火渐渐冷下来，铁板上冒泡的油脂凝结成了白色斑块。我和陈金芳起身出门，来到昏暗高耸的前厅，几个穿得像韩国电视剧人物的服务员双手护裆，向我们鞠躬告别口称“思密达”。我正不熟练地往脖子上捆着围巾，陈金芳半踮起脚尖帮我系好，又用戴小羊皮手套的手抚了抚我肩膀上的皱褶，突然道：

“还有个事儿想向你打听一下……具体说是想找你帮忙。”

“你说。”

“你是不是认识一个叫龚绍烽的商人？”

龚绍烽也就是我大学时期挚友 b 哥的本名，此人堪称我们这个时代特有的奇人，身上同时具有猥琐与超脱、唯利是图与理想主义等等诸多相互矛盾的品质。上大学的时候，他就一边眼泪汪汪地给女同学抄录“妹妹你是水，静静地镇日流”之类的滥情诗歌，一边为了每天中午多吃二两排骨把食堂的胖大婶给搞了；毕业以后他没找工作，依次干过书商、倒卖狂犬病疫苗、冒充领导亲戚等勾当，最终靠经营一家把发廊妹包装成“性感女主播”的准黄色网站发家致富，而在他穷得到处蹭饭的日子里，也仍然负担着河南老家一窝儿穷孩子的学费；现在他的公司养着一群三流女演员和平面模特，但比起跟那些女孩睡觉，他更热衷于把她们集中到自己的会所里引吭高歌……而这个名字突然从陈金芳的嘴里问出来，不免令我猝不及防。

我问她：“你怎么知道我认识这人的？”

“你上班的那家画报，幕后的大股东不就是他吗？”陈金芳意味颇深地淡淡一笑。我猜她已经知道了我和 b 哥的交情，更联想到她已经把我的“人脉”摸了个底儿掉，不免稍感心慌。

“你找他有事儿？”我说。

“我手里有笔闲钱，跟他达成了合作的意向，不过还没最后敲定。”陈金芳说，“你要是跟他说得上话，帮我打探一下他怎么想的。”

对于她的要求，我的第一反应是畏难和犹豫。在和有钱的朋友们打交道时，我一向有个原则，就是只当帮闲，不作掮客，也即把关系限定在吃吃喝喝、清谈务虚的层面，绝不靠给他们搭桥牵线来牟利。这么做，一来有利于维系自己那点儿虚幻的尊严；二来也是明哲保身——真出了什么娄子，我可担不起责任。尤其是b哥，据我所知，他近年来从事的都是些本大利高、游走于灰色地带的投机生意，比如充当“标头”组织人合股买矿之类。而陈金芳能跟他这样的人搭上，也证实了我先前隐隐的预感：她所涉的“水”相当之深，绝不仅仅是一个在文化圈儿打转的小富婆。

但也不知怎么搞的，在陈金芳的注视下，我没能拒绝她。她的眼里透出一股不容置疑、勾魂摄魄的光芒来。我不由自主地点点头。

我的郑重神态倒逗得陈金芳咯咯一乐。她立刻轻松得像没事儿人似的，打开“英菲尼迪”的后备厢，从里面拿出两瓶洋酒给我：“最好的苏格兰单一麦芽，三十年陈酿，我从香港带回来的。”

“贿赂我？”

“这还叫贿赂啊？我跟你那朋友的事儿要是能成，肯定还会重谢你——我说真的。”

我耸耸肩和她告别。开车回到家之后，我把那两瓶酒开了一瓶，端着方杯坐在沙发上出神。酒的味道的确醇厚、清澈，但度数也高，不知不觉间就让我熏熏然了。

我漂浮在麻木的潜意识中，产生了不知今夕是何夕之感，并抬头看向衣柜顶上那早已束之高阁的小提琴。有多少年没摸过它了？伴随着这个想法，我站起来，踉跄着走过去，踮起脚尖摸向乌黑的木制琴匣。但刚碰到琴匣的把手，我就像挨了烫一样把手缩了回来，一声叹息地把自己拍到床上。

第二天醒来时，我看见几只手指上沾满了灰，连床单都蹭脏了。

7

过了半个多月，春节假期结束，北京重新热闹了起来。一些朋友过完年就突然消失了，把以前的债主和“情儿”们坑得叫苦不迭，另一些人则像闷热天气的蘑菇一样冒了出来，精神百倍地四处找路子。对于我来说，生活基本照旧，只是心态越来越疲沓了。机票便宜下来之后，我到海口看了一下父母，顺便弯到三亚会了会仍在猫冬度假的 b 哥。他弄了辆敞篷车，又叫上俩野模，带我去大东海下了两天馆子，然后去牛岭隧道以北的一个镇上吃“肥得把壳儿都撑裂了”的和乐蟹。在此期间，他还用电话遥控着北京和南方两个城市的生意，时而与人称兄道弟，时而破口大骂，尽说些我不懂的黑话。

折腾了两天，我们都因为摄取了过多的蛋白质而消化不良，便又回到了海滩上，臭屁滚滚地晒太阳。附近有出租四轮沙滩摩托车的，两个野模跨上一辆，叫嚣whose突地驰骋，浑身的蒜瓣肉波光粼粼。b 哥躺在长椅上，以极度猥亵的眼神打量她们，一只手伸到裤裆里挠痒痒。

总算有了单独聊天的机会，我便跟他提起了陈金芳的事儿。

b 哥坏笑着打岔 :“你跟她很熟？又找到新的软饭了？”但还不容我辩解，他突然显露出商人特有的狡黠和谨慎，反而向我盘问起陈金芳的底细来。

他这一问，我倒含糊了。虽然圈子里都把我和陈金芳看成交情深厚的“自己人”，但我知道，自己对她远谈不上知根知底。举个最简单的例子，我一直搞不清楚她的钱是从哪儿来的——她不像正经做过买卖的人，也没有傍上了哪个财大气粗的“瘟生”的迹象。假如以前不认识她也就罢了，但恰恰见证过陈金芳那寒酸窘迫的少年时代，她的发迹对我来说益发成了一个谜。

我只好向 b 哥粗略介绍了陈金芳目前的状态——当然是我了解的那部分。听到她是做艺术投资的时，b 哥眉毛一扬，眼里透出两点贼光。像他这样的人，自然不会对艺术真有什么兴趣，不过开画廊、办展览倒是个洗钱的好渠道。我说完以后，b 哥也和我交换了一下对陈金芳的印象：

“这女的我以前根本没听说过，是两个做‘老鼠仓’的操盘手引见过来的。说实话刚一见面，我还真被她的风韵小迷惑了一下，只不过咱们是什么人啊？平日圈养着那些莺莺燕燕，为的就是修炼定力，别在正事儿上被荷尔蒙给害了……当然这是题外话了。那些操盘手说她很有道行，一旦看准机会就特别敢下手，建议我让她在手头的项目里加一磅，毕竟现金越多，和政府那边谈判时就越有话语权。我当然不能光听那些人的，自己也要对合作伙伴进行评估，不过也确实有点儿拿不准她。她在大多数情况下都显得底气十足，甚至还有点儿深藏不露的劲儿，但不经意间，又会暴露出新手的弱点来——最主要的表现就是着急。她托你来找我打听，这就是典型的沉不住气，甚至让人猜测她根本没有宣称的那么大财力和门路，只想靠着虚张声势在大买卖里掺和一把，搭个投机取巧的顺风车。”

我向来佩服 b 哥的识人之术。他在那些冷酷的、尔虞我诈的行当里搏杀多年，眼光自然要比我毒辣得多。不过也得指出，我和他看待人的标准是不一样的。除了对我这样的旧故，他对所有人的判断都是基于“经济人”的利益标准，我则保持着孩子气的任性，仅以“有劲”或者“没劲”来决定是否与人深交。也就是说，即使以同一个人作为话题，我们也说不到一块儿去。我完成了陈金芳的托付，这就算仁至义尽了。

“总之你看着办吧。”我站起来抖抖沙子，对野模们挥手，“我就管传个话儿，你们之间那些具体的勾当，我可管不着。”

我向海滩走去时，b 哥在我身后沉吟了一句：“先耗她一阵儿。我过些日子要跑一趟江苏，回北京再接着跟她往下谈。”

又盘桓了两天，我独自先回了北京，陈金芳到机场接我。天气还是料峭的倒春寒，她却早早穿上了羊绒筒裙，靴子上方露出小巧圆润的膝盖。一见面，她就撩开我的外套往里看看，嗔怪我“一点儿也不知冷知热”，然后从大号坤包里掏出一件新买的“杰尼亚”毛衣，不由分说地让我穿上。

回去的路上，她和我挤在后座上不停地说笑，聊着北京这边朋友们新的趣事儿。透过后视镜，我看见开车的胡马尼脸色铁青，面部肌肉不时神经质地抽搐，简直让人想起北野武扮演的那些即将被剁手指的黑帮打手。

接下来的一段日子，陈金芳又开始约我参加各种饭局和聚会，频率比以前还要高，几乎是三日一小宴，五日一大宴。如今不仅是我，就连那些真正八面玲珑的货色都承认她“的确挺能混的”：同时和好几条脉络上的人打得火热，许多圈子之间原本互相排斥，但提起她却都颇为认可；不管在哪儿，她一出场就能成为核心人物，几乎不用抢，风头就自然而然地转向她了；在她有意无意搭建的“平台”上，不少素不相识的人成了朋友，甚至原本有罅隙的人也能尽释前嫌。而这时距离我与陈金芳重逢，也就是半年多的时间呀。能够开创大好局面，究其原因，除了作为一个单身女人同时具备漂亮、热情、大方等优点之外，还有一个关键之处，就是她切实地做到了“喜新不厌旧”，不会因为攀了高枝而忽略先前的朋友。哪怕是一直充当“碎催”的胡马尼和那个见风转舵的画家，也一直享受着元老级别的优待，虽然心有怨言，但总能显示和她“关系不一般”而在另一些人眼里抬高身价。总而言之，陈金芳仿佛是在由衷地享受着人的社会属性，很多时候简直像个刚爱上幼儿园的孩子——和她相反的则是一些老资格“社会活动家”，那种人貌似人缘很好，但只要一不在场，就会有人将其鄙夷为“势利眼”。

“小陈这个人交朋友，如同韩信用兵——多多益善。”这是某个上过《百家讲坛》的三流大学教授对她的评价。

既让我虚荣也让我别扭的是，她如今对我更亲热了。不光是一同出现时常要挽着我的胳膊，而且还要在大庭广众之下和我咬耳朵——明明说的就是不咸不淡的套话，但非得摆出一副秘而不宣的表情。难道她看不出来，胡马尼宰了我的心都有了吗？而那个画家倒相当“现实主义”地承认了争宠失败，许多阿谀的媚态转而投向了我，并总拐弯抹角地打听陈金芳准备什么时候资助他去欧洲办个展。

“时间不等人，谁知道‘政治波普’能流行几天啊，等到风向一转，我这几年的工夫不又白搭了吗？”画家焦虑地说，“她这人怎么这样，老放空枪也不动真格的……这话我也就跟你说说，别让她知道啊。”

画家的悄悄话揭示着这样一个真理：没有真金白银的利益链条作为支撑，那些鲜花似锦、烈火烹油的繁华都是他妈的扯淡。他在抓耳挠腮地等着陈金芳表态时，陈金芳一定也在等着b哥那边的消息呢。谁都有被拿在别人手里的地方。从海南回来没两天，陈金芳曾经包了她公司楼下那个咖啡馆，叫了一群人来品尝“不多见的葡萄牙红酒”，我在席间偷偷把她叫到窗边的角落，将b哥的态度转告了她。

“跟那种生意场上的老油条打交道，越急越没用。”我说，“他既然说了让你等着，那就说明相当有戏。”

听了我的话，陈金芳面无表情，甚至连头也没点一下，只是抬起手来，抓住我的手腕摇了摇。这样的举动她常对我做，但这一次我有明显的感觉，她格外地用劲儿，细瘦而坚硬的指骨硌得我都疼了。

在此以后，她就再没跟我提过投资方面的事儿。时间转眼而过，当那些老单位破败的大门口挂出“欢度五一”的横幅时，在南方兜了一大圈儿的b哥回来了。陈金芳不知从哪儿得到了消息，打电话让我再牵一次线。我正在单位跟电脑下五子棋，顺手抓过座机，拨通了b哥的私用手机，把陈金芳的意思说了。

这次b哥没再多说什么，只回答了一句“我让底下人约她”。我立刻又给陈金芳打了过去。这个传声筒的任务搞得我挺烦躁，鼠标点错了地方，转眼通盘皆输。

陈金芳那边显然很兴奋，连呼吸都重了。她又对我说："这几天别安排别的事儿了，等他找我的时候，你也一块儿去吧。"

我一边退出游戏一边说："你们俩资本家共商大事，非拽着我一流氓无产者干吗呀？"

"帮忙帮到底嘛。"陈金芳坚持说，"再说，你也是我们共同的朋友呀。"

我犹豫了一下，但还是拒绝："还是算了吧……西门庆和潘金莲搭上以后，王婆就别跟着裹乱了。这点儿眼力见儿我还是有的。"

陈金芳笑了："再胡吣，看我不撕了你的嘴。"

她说完就挂了电话。照我的理解，无论是她先前说的"一定要重谢我"，还是刚才非要让我作陪，都是嘴上的客气话而已。她不想造成把我用完就甩的印象，但事实上，我本来也没想通过帮她的忙而得到些什么。出于本能，我甚至不愿在这种事情里搅得太深。

又过了两天，我刚下班，正打算一个人去随便吃点儿什么，陈金芳的电话又打过来了。她让我火速赶往b哥在东四的四合院。我再次推托，她却说：

“叫你来，纯粹就是为了吃饭。你放心，事儿我们都谈完了，再不会麻烦你了。”

一旁的b哥也接过电话帮腔：“谈事儿你不来，吃喝玩乐你也不来，这就太不像一个称职的帮闲了。”没有办法，我只好掉转车头前去赴宴。b哥那个地方很好找，就在团中央下属的一家出版社附近，是整条胡同里最具地主老财气质的宅院：朱门之上常悬着张艺谋风格的大红灯笼，左右两边各立一只汉白玉狮子。只可惜家里没人的时候太多，狮子上已被贴了不少“一针见效，三针痊愈”的小广告，还有不知谁家孩子稚嫩的书法作品“××× 我操你妈”。穿堂过院，随处可见雕梁画栋，整套鸡翅木圈儿椅散落在树下任它日晒雨淋，不知从古代哪位显贵坟上偷来的石碑旁，趴着好几只没屁眼儿的蛤蟆。对于这些荒谬的摆设，b哥自有他的解释：

“蛤蟆是招财的，这个大家都知道。至于那个碑，我也不嫌它不吉利——雍和宫那边一瞎子说这宅子过去是一贝勒府，而我祖上贫寒，恐怕镇不住它，得请进一位有身份的帮忙压压场面。”

来到正厅，我看见b哥的某位姨太太正穿着大红苏绣旗袍，指挥丫头老妈子摆酒上菜。陈金芳和b哥也从厢房里踱了出来，脸上都挂着不甚自然的笑。我故意不提他们买卖上的事儿，见面就说起了废话，而他们也会了意，笑嘻嘻地东扯西扯。不过从陈金芳那如释重负的表情看来，她对这次约谈的结果很满意。

她又没带胡马尼一起来，所以偌大的八仙桌旁只坐了四个人。席间，b 哥携其姨太太频频举杯，刚开始还是分别敬我和陈金芳，后来就是同时敬我们两个人了。那位姨太太脑袋有点儿糊涂，甚至说出了“两口子敬两口子”这样的话，弄得我好不尴尬。后来她到卧房去“补补妆”时，我忍不住刻薄了一句 ：“没一对儿是明媒正娶的。”

“我就喜欢你这张缺德的嘴。”b 哥已经高了，哈哈大笑地再次举杯 ：“那就狗男女敬狗男女好了。”

陈金芳居然面不改色，端起仿古鸡缸杯跟我们碰了，优雅地一饮而尽。随即，我感到自己的胳膊被她狠狠地掐了一下。再往后，她和b哥又不自觉地谈起了生意细节，我也被迫听懂了他们那桩合作的来龙去脉 ：近些年来，欧洲各国对清洁能源投入很大，造成了我国的地方政府迫切地上马相关工程，从而也给一些闻风而动的投机分子留下了运作空间；b 哥在北京聚拢了一些人的游资（陈金芳也是其中之一)，到江苏控股了一个中等规模的市属企业，并放出风声，号称将其从塑料制品转型为太阳能光伏产业；他们真实的目的当然不是投产之后出口创汇，而是利用这个噱头拉到更多的银行贷款和风险投资，从金融领域套取暴利。听到这里，我不由得偷偷瞥了陈金芳一眼。b 哥从事的勾当我早有耳闻，而眼看着陈金芳也“玩儿”到了这般境界，还是忍不住让人瞠目结舌。我对我们民族妇女的判断，也在她这个活生生的例子身上得到了印证：她们除了特别能吃苦特别能战斗这些传统美德，而且在每个时代、每个环境中都有着极强的适应能力和进取心，只要一有机会，她们必定会勇敢、果断地站到浪尖儿上。比起她们，大多数男人都应该感到汗颜。

而看着陈金芳那“花媚玉堂人”的样子，我也不知不觉地陷入了恍惚。在社会上混迹了这么些年，我曾经见过很多改头换面的成功者，但他们无论身份、相貌乃至举止发生了多么彻底的变化，终归无法将最初的模样完全抹掉。举个最近的例子，就是我对面的 b 哥。他如今已经贵为生意场上的“大鳄”，但我每次看见他，都会清晰地回忆起当年在大学宿舍里，他靠玩儿牌作弊骗我香烟的猥琐模样。而陈金芳不同。面对着现在的她，我已经无法想起十来年前站在我窗外听琴的那个女孩了。当年的她仍然在我的记忆里存在，但现在的她却获得了某种决绝的能力，把自己生命中的两个阶段完全割裂了——那类似于动物界的“变态发育”，人们都知道蝴蝶是毛毛虫破茧而出的结果，但有谁看到花蝴蝶时，第一反应是毛毛虫带来的恶心呢？在我的潜意识中，“过去的她”和“如今的她”已经变成了毫无瓜葛的两个人。当着外人的面，我会叫她的新名字陈予倩，并且叫得越来越自然，根本无须通过“陈金芳”这个旧代号转译了。

因为无须和不相干的人敷衍，那天的晚饭大家兴致都挺高，喝完一瓶白酒，b 哥又叫人开了两瓶红酒。不知不觉到了晚上九点多钟，忽然发生了一个意外事件。院儿外发出一声闷响，好像有什么东西碎裂了，接着，一个中年妇女操着字正腔圆的京腔骂起街来。

b 哥问是怎么回事儿，片刻保姆进来回话，说是“咱们的客人”停车时把隔壁大杂院儿门口的咸菜坛子给撞了。大家跟着 b 哥踱出门去，只见陈金芳的英菲尼迪斜着停在胡同里，前保险杠底下散落着一摊乱瓦。在浓郁的咸菜味儿里，胡马尼正笨嘴拙舌地向那妇女解释着。看起来，他是为了躲避那俩石狮子，才制造了这起小事故。

那中年妇女倒很有不惧权贵的气节，看到 b 哥来了，益发跳脚儿乱骂。直到姨太太给她塞了几百块钱，她才心满意足地凯旋。而这时，陈金芳则不好意思地向 b 哥抱了个歉，然后把胡马尼叫到几丈开外的墙根说起话来。

俩人都压抑着嗓门，因此声音里带了一种紧张感。陈金芳好像在责怪胡马尼不请自来，胡马尼却一反常态地跟她争辩起来，说的是一嘴湖南土话。话赶话地戗戗了几个来回，陈金芳的声调高了起来，她指着胡马尼的鼻子说："你管得着我吗？也不看看自己是谁。"

受了呵斥，胡马尼僵着脸回到车上，咀嚼肌被咬得凸起来一块。陈金芳则嘘了口气，笑盈盈地回到我们面前，对 b 哥解释："真不好意思，给你们添麻烦了……这孩子一直跟着我，怕我喝多了回不去，就自作主张接我来了。"

"人家也是好意，精神可嘉。"我在一旁打了个圆场。

b 哥就势宣布晚餐结束："反正正事儿也谈完了，往下咱们都上着点儿心就行了。"

陈金芳郑重地和 b 哥握了握手，忽然又凑近我，低声说了句“我肯定得好好儿谢你”，然后便娉婷地转身回去，上了胡马尼的车。他们驶走以后，b哥让姨太太赶紧泡上茶，要留我再坐一会儿。从正厅转移到一蓬郁郁葱葱的葡萄架子底下，我忽然察觉到b哥的脸上变了颜色，不再是一派虚伪的随和，而是三角眼里带着几分货真价实的关切了。在这般年纪看到他这副表情，我都有点儿不适应。

他拿出烟来递给我时，开门见山地来了这么一句：“你跟那女的什么打算？”

我一激灵：“你什么意思？觉得我们俩合伙儿骗你钱吗？”

“不不不，我说的是你们俩之间的关系。”

我像受了冤枉似的扬声道：“没关系呀。你是不是看谁都有奸情啊？”

“我看你对她也挺有感觉的，眼神儿都迷离了。”

“我迷离的时候多了。”我顿了顿，低声说，“不过眼下的自在来之不易，我才不愿意再跟谁‘绑定’呢。”

b哥的脸色缓和了一点儿，笑了：“那就好。我就是提醒一下你，哪怕她对你有意思，也别轻易上套，她跟一般人可不一样。”

我不想问，但又忍不住:“你从她身上看出什么来了？”

“那当然。下午谈生意的时候，我已经把她的道儿给盘出来了。她对我说以前在广东办过服装厂，现在转到北京做艺术品投资，那些一听就是假的。她虽然说得天花乱坠，但关键性的地方全都含糊其词，骗骗外行或许可以，在我面前可要不了花枪……不过这也不妨碍我允许她入股手头儿的这个项目，反正坐庄的是我，想跟进的必须得拿出现钱来。让我有点儿拿不准的，恰恰是她在这桩买卖上的态度——她的赌性太大了。我已经看出她没什么钱了，东拼西凑能拿出来的，统共也就那么一千来万，而她竟然想要把这些老本儿全都押进去。你知道，这种投机生意的风险很大，从坐庄的到跟庄的，没人把身家性命全扔里面，大家用的都是闲钱。亏了就伤元气的人，说白了根本不配跟着我们玩儿。我已经提醒过她了，可她坚持要参与进来，这几乎可以称为疯狂了……”

b哥的话让我倒吸一口凉气，但我没再说什么，醒了醒酒就告辞了。此后的几天，陈金芳没再联系我，我也尽量不去想她。她是一个突然冒出来的旧相识，跟我谈不上什么真正的交情，我帮过她一点儿忙，但帮过了也就算了。这是我和她之间关系的理性总结。哪怕她一意孤行，我也没有规劝她的义务，更没有干涉她的权力。

然而某天在办公室划拉着手机玩儿，我却又鬼使神差地拨通了陈金芳的电话。对方接了之后，首先传出来的是沸腾一般的嘈杂之声，远处还有大喇叭播放着雄壮的音乐。

陈金芳拐到一个安静点儿的地方，才对着手机喊话："有事儿吗？"

"也没什么事儿，"我的嗓门也随之高了起来，"就是问问你和 b 哥那个事儿进展得怎么样了。"

"非常顺利，"陈金芳喜气洋洋地说，"合同早就定下来了。"

她接着告诉我，看在我的面儿上，b 哥许诺给她相当高的回报率。眼下，他们这些股东正在江苏出席和政府的签约仪式，她刚和一位副省级干部握过手。我没想到他们的行动有这么快，此时再劝她什么也是白搭的了。于是我简短地说了些祝贺的话，就要挂电话。

"你放心，该谢的人我一定要谢到。"她叮嘱似的说。这话突然让我觉得非常不舒服。她不会认为我是在讨赏吧？

8

后来陈金芳的确“谢”了我。

她是在即将入夏的时候回的北京，此前据说和一起“做项目”的人又跑了趟广东，还乘着某个低调富豪的游艇到海上钓了几天鱼。再次见到陈金芳时，她果然黑了一些，肩膀和胳膊被晒成了小麦色。画家叫上我和另外两个熟人，在什刹海那边的一家越南菜馆给她接了个风，然后以陈金芳为中心的各种聚会便重新展开了。

假如说新一轮的声色犬马比之过去有什么不同，那就是越来越奢华了。无论是酒的档次还是菜的品类，都有了大幅度的提升。她曾经把新侨饭店的大厨请到公司里，现场为大家制作法式铁板烧，有两次在“天伦王朝”顶楼餐厅请客的豪阔之举，更是让我们这些耍笔杆子的人咋舌。作为聚会的主人，陈金芳依然挥洒自如，在不经意之间，又流露出了比原先更坚实的底气。和报社领导、画廊经理这些她本该奉承的人谈话时，她依然客气，不过骨子里已经有了隐隐的傲慢意味。这些变化都说明b哥那边的项目进展顺利，并且很可能已经让雪球滚动了起来，股东们开始坐地分赃了。人人都看出陈金芳发了一注横财。

以前对她颇有怨言的画家早就转了口风，即使私下与我聊天时，对陈金芳的溢美之词也令人肉麻。我听说他的欧洲画展已经正式排上了日程，陈金芳还付给他一笔订金，预订了他此后五年的全部作品。至于对我，陈金芳仍然是带着几分表演性的亲昵，倒也看不出和过去有什么不同。这倒让我揶揄着猜测：她屡次三番说要“谢我”，该不会也是我们这个圈子里通行的空头支票吧？

一个偶然的发现让我知道自己想错了。随着天气越来越热，我那辆老旧雪佛兰频频报警，终于在马路上开了锅。汽修厂的人告诉我得更换好几套元件，我只好回家找出工资卡，到附近的自助提款机上取钱。

因为日常开销靠零七八碎的外快就能应付，那张卡我很少用到，也知道每个月卡里都不会有多少进项。然而一查余额，吓了我一跳：陡然多了一个整数，足顶得上我几年的工资了。单位的会计自然不会抽风，我不由自主地想到了陈金芳。既然她认识了b哥和给我开过稿费的几个编辑，弄到我的账号当然很容易。我又到柜台对了下明细，那笔钱果然是在她从广东回来的第二天打进来的。

在这段时间里，我们见了好几次面，她不仅没跟我提过，就连一点暗示也没有。这份“感谢”来得既慷慨又得体。然而我没怎么思想斗争，就做了一个决定。我把那笔钱转存到另一个折子里，前往她公司还给了她。

之所以这么干，当然不是因为我有多么高风亮节。还是我常年坚守的那个原则起了作用，即宁当帮闲，不作掮客。我理想中的人生状态是活得身轻如燕，因而不愿与任何人发生实质性的利害关系；我知道我们这个时代的“辉煌事业”是通过怎样的巧取豪夺来实现的，而自己纵然无耻，却也还有迈不过去的坎儿。此前帮助陈金芳在她和 b 哥之间传话，已经突破我的底线了，我不想因为这笔钱彻底改变我这个人。人呐，活了三十多年，得知道点儿好歹。

假如还有其他原因的话，那就要具体到陈金芳这个人了。我尤其无法接受自己和她之间发生现钱交易的勾当。那么，我究竟想和她成为哪种关系呢……这我倒还没想好。

当我站在陈金芳面前，把折子放在办公桌上时，她抬着头，直勾勾地凝视着我。我没说话，她也没说话，我们大概都在等对方先开口。但这时候胡马尼突然进来了。自从陈金芳的项目敲定，这小伙子的打扮也越发光鲜了，此刻穿的是新款的迪奥卡腰小西装，头上的发胶抹得狗舔过似的。他没有好声气地跟我打了个招呼，装模作样地拿着一份材料，请陈金芳审阅。我手指一滑，将存折塞到一本画册底下，转身走了出去。

在这以后，陈金芳照常会给我打电话闲聊，我呢，继续参加她召集的聚会。关于那笔钱，我们都没再提起过。按照我的想法，她已经尽到了“感谢”之心，可惜我不识抬举，这事儿也就可以作罢了。然而没过多久，她便有了新举动，这个举动才真正刺激了我。

那是六月中旬的一天，我中午就接到了她的电话，让我下班后换身正式点儿的衣服，到她公司去吃晚饭。我问她又有什么装 × 盛事，她笑着说自己过生日。

“哟，你今年三十几了……咱俩是同岁吗？”

她娇嗔着抗议：“别说这么扫兴的话行吗？弄得我都不敢过了。”

“你也不早点儿通知，我都没时间给你准备礼物。”我说，“只好两袖清风带张嘴过去了。”

下班以后，我先回家换了件干净衬衫，又想到以陈金芳如今的风格，过生日一定也会搞得煞有介事的，便从柜子里找出条西裤穿上。走到复兴路上打车之前，我还在大院儿门口的花店买了束花。很快赶到了她公司的楼下，我抬头望望，却看见三层的办公室黑着灯。

一楼咖啡馆的落地玻璃窗里传出轻轻的敲击声，我扭过头，看见陈金芳正坐在靠窗的座位上呢。她一个人，穿一条很显身材的黑色长款连衣裙，髋部以下的曲线被包裹得很像一条美人鱼。夕阳的光辉以几乎平行地面的角度投射进去，将她的脸与长长的脖子照得金光璀璨。我拐进咖啡馆，把花递到她手里。

陈金芳眯着眼睛端详了我几秒钟，随后扬手向服务员打了个招呼。两个小姑娘推着辆餐车过来，将沙拉、蔬菜汤、鹅肝酱配面包端上桌，冰桶里还斜插着一瓶香槟酒。

我诧异地环顾四周："其他人呢？"

"叫其他人干吗？就咱俩。"陈金芳说，"平常尽应酬了，这日子口儿还不能图个清静。"

"我受宠若惊。"

"别跟我玩儿虚的了。我知道你最不把我当回事儿了，所以我过生日还得讨好你。"

我打哈哈地笑了笑，没再说什么，开始吃饭。起初的气氛倒也颇为融洽，我主动举杯，说了些祝贺的话，她也回敬了我。片刻，主菜端了上来，我们挥舞刀叉，专心致志地对付起了牛排。在这两相无话的空当，我忽然感到陈金芳一直在看着我。当然，桌上只有我们两个人，她也没别的人可看，但我明显感到落在自己身上的目光与平日不同。她既像饶有兴致地揣摩我，又像暗藏着什么机锋。

她在卖着什么关子？随后，在我头脑里冒出来的居然是一个自作多情的想法：她不会打算向我示爱吧？但我却并不紧张，只是静观其变。而事后想起来，假如那天陈金芳真的如我所想，把我们已然近乎暧昧的关系再向前推进一步，那么我也不会有后来那些失措的反应。我们都是没有法定伴侣的成年人，男欢女爱一下没什么大不了的。尽管b哥曾经告诫过我“她和一般人不一样”，但我也并不担心。这倒不是我自恃聪明，而是因为我预感到，自己即使和陈金芳真发生点儿什么，充其量也是即兴而发的露水姻缘。在那种游戏里，谁又能真伤得了谁呢？

但我又一次错估了陈金芳。直到饭吃完了，她仍然没什么话，我只得茫然地抽起了烟。等我把烟掐了，她抬起手腕看看表，说 :“咱们上去吧。”

“还有节目？”我心里又生出隐隐的遐想来。

陈金芳颔首一笑，翩然走在前面。我跟着她上了三楼，却发现她公司的灯已经亮了，柔和的橘色的光从磨砂玻璃门里渗出来。陈金芳拉开门，对我做了个请的手势。

大厅已被清理干净，家具以及那些雕塑画框都被挪到了墙角。一览无余的空间里站着十几号红男绿女，画家、胡马尼和我常见的一些人都在场。他们中间围着的，是六位身穿黑西装、坐在木椅子上的男人。他们都是洋面孔，两人手持小提琴，另外四位则是中提琴和大提琴。标准的弦乐六重奏的配备。居中那位四十多岁、稍有些秃顶的看起来很面熟，我忽然想起他是一位法国演奏家，前几天的报纸还报道过他带队在国内几个音乐院校巡回演出的消息。

“这是马泽尔·法克先生。”陈金芳介绍说，“刚到北京，我就把他约来了。”

“一听这名字就有贵族血统。”我恭维着和演奏家握手，有点惶然地退到一边。

陈金芳对室内乐团点点头，演出正式开始。曲目是柴可夫斯基的《佛罗伦萨回忆》，旋律奔放而缠绵，各声部之间配合得极其默契，马泽尔·法克先生的手法更是堪称精湛。尽管学过十几年的琴，但我还是第一次在如此近的距离欣赏这么高水准的演奏。看着人家的运弓和指法，我又一次为当年的自己自惭形秽。与此同时，我的左手指尖也不可遏制地颤抖了起来。

那首曲子很短，不到二十分钟就结束了。余音未了，观众们便爆发出热烈的掌声。比起大剧院里只能远观的交响乐，室内乐虽然单薄，但却更有现宰现吃的生鲜味儿。画家尤为激动，一边鼓掌一边凑到陈金芳身边，赞赏她这个点子“太有腔调了”。陈金芳却没理会他，径直从背后绕过室内乐团，对一个翻译模样的人耳语了几句。

翻译把她的话转述给了演奏家们。马泽尔·法克先生忽然看向我，腼腆地笑笑，他身边那位年轻点儿、一头卷曲的金发的演奏家则把手里的小提琴递给了我。我下意识地接过琴，愣在当地，疑惑地看向陈金芳。

她熠熠生辉地笑着，对我说：“你不是还没送我礼物呢吗？”说完抱起胳膊肘，做出预备聆听的姿态。

旁边那些闲人弄懂了她的意思，惊喜地掀起新一轮掌声。大部分人都不知道我还会拉琴，交头接耳地议论着，早有两个人搂着我的肩膀，把我架到室内乐团的成员当中。马泽尔·法克先生叽里咕噜地对我说了句什么。

翻译问我："还是柴可夫斯基，《d 大调弦乐四重奏》？"

大提琴和中提琴演奏者里，已经各有一人将乐器放到了一边，他们和那位将琴给了我的小提琴手一起走到观众群里。演奏席上只剩下了两把小提琴，大提琴和中提琴各一把。而马泽尔·法克先生所提议演奏的那首曲目，几乎是所有专业学过琴的人都烂熟于心的，它的旋律柔美之至，难度又不大，特别适合即兴演奏。当年在金帆乐团的时候，我与人合作演出过这曲子不下十次。

马泽尔·法克先生对我扬了扬眉毛，率先拿起琴，奏出"如歌的行板"里的几个小节。那是柴可夫斯基这首曲子里最脍炙人口的段落。然后，他用对待孩子的目光启发性地看着我。

然而我却仍在发愣。脑子里乱成一团糟，耳中嗡嗡作响，心脏在胸膛里咚咚跳动。那一刻，我简直不知自己身在何方。我感觉到自己正在出冷汗，新换上的衬衫都被浸湿了。

观众们又开始议论，他们大概是认为我太久没拉琴，因为技艺生疏而怯场了吧。陈金芳仿佛也有了一丝紧张，但眼神仍是期待的。

“你过去不是常拉这首……”我听见她对我说。她唇红齿白，嘴部动作如同慢镜头，一个字一个字地把话钉到了我的耳朵里。我突然感到意识深处有什么地方在疼，在流血。我确凿无疑地受伤了。

接下来，我的举动在众人眼里一定显得非常决然——把琴放在木椅子上，将他们甩在身后，走出了大厅。一楼的咖啡馆里空无一人，服务员们正靠在吧台上聊天。夜风清凉，从楼梯口直灌进来，但却没能让我醒过神来。我的头脑就像锅盖下的滚水，正在反复沸腾，但又处在巨大的压抑之下。背后有人在叫我，当然是陈金芳了。

她的高跟鞋发出咯噔咯噔的回响，转眼间把我拦在建筑物外的林阴道上。因为跑得急，陈金芳半张着嘴喘气，眼神竟然是含情脉脉的。

“你怎么了？”她问我，同时把手搭在我的胳膊上划拉着，“我还以为这么安排会让你高兴呢……我是真心想谢谢你，那不是空话。”

我没出声，木然地打量眼前这女人。天上难得有轮大月亮，她在银光下闪闪发亮，妙相庄严，简直像某种贵金属雕成的塑像。

见我没说话，陈金芳便锲而不舍地安慰着我，语调已经接近呢喃了：“我知道你常年不拉琴，手生了，但这没什么要紧的，又没人会笑话你……再说就算别人不爱听，我也爱听，真的。现在也不知怎么搞的，岁数越大，我就越觉得小时候特别美好。我多想让过去的情景再重来一遍呀，那样才算这么多年的辛苦没白受……我一直也特别替你可惜……”

她说着，手便慢慢地攀上来，揽住了我的脖子。我不由自主地把头低下去，再低下去，像寻求保护一般往她怀里扎过去。我几乎被她搂在怀里了，她身上的气味像潮水一样涌上来，上面一层是香水味儿和昂贵服装的布料味儿，下面一层就是陈金芳特有的气息了。那味道我曾经狠狠地嗅过，历经岁月竟然没变。就像她说的，我们多想让过去的情景再重来一遍啊……

但转眼之间，我心里那迷乱的柔情便灰飞烟灭了。我像奋力游水的虾米一样直起躯干，将她的手弹开——这还不够，我的手也伸了出去，推了她一个踉跄。

“你有什么了不起的？”我咬牙切齿地说。

“你说什么？”陈金芳瞪大眼睛,惶然又委屈地看着我。

“我说——”我心里充满把什么东西碾碎的快意,“你有什么了不起的？”

她如遭电击，不认识似的看着我。而这正是我想要的效果。我冷笑了一声，头也不回地走了。

对于那天晚上的事情，我毫无悔意。我觉得自己做了一件特别不情愿，但又必须去干的事情。权且抱着自我剖析的态度分析一下失态的原因吧：我感觉受到了莫大的屈辱，与之伴随的，还有古怪的自我厌恶。把名气很大的国外乐团请来“唱堂会”,还让他们给我充当陪练,这样的手笔不可谓不豪迈。而陈金芳一掷千金，想要制造出怎样的效果呢？无非是：她以她汪洋恣肆的爱和善良拯救了我——一个消沉的半吊子琴手。这个模式像好莱坞电影一样俗套，她扮演的简直是他妈的圣母。她哪里知道，小提琴演奏对于现在的我来说，已经成了一段发炎的盲肠，只能凭空增加痛感。在我看来，她让“过去的情景重来一遍”的愿望也代表了某一类中国人特有的狂妄：他们自以为吃过苦中苦成了人上人，就有资格操控身边的一切，甚至敢于让时间倒流。

不能让他们如愿！我既恶意又理直气壮地想。与此同时，我突然又想到了我的前老婆茉莉。她当初心甘情愿地给我提供软饭，会不会也是出于某种自我奉献的表演欲呢？只不过后来她演腻味了。而我同意跟她离婚，是否并非出于爱，而是出于某种自己当时都没意识到的恨呢？

这个发现让我悲哀极了。对于生活，我只剩下了一项权利，那就是破罐子破摔。

从那以后，我就没有再联系过陈金芳，陈金芳也没有找过我。我们闹掰了的消息一定很快就在圈子里传开了，各路人马都主动与我疏远，就连我介绍给她的那些朋友也开始假装不认识我了。趁此机会，我重新整理了生活，每天准时上班，下班回家自己做饭，有了空暇就用于锻炼身体和闭门读书。从华而不实的应酬中脱身之后，我迅速瘦了一圈儿，但人却变得紧实了，精神也安稳下来。活像个洗尽铅华的从良妓女。

日子就那么过去。再次听到陈金芳的消息，又是半年以后了。

那天晚上十一点多，我已经洗完澡上床，正锲而不舍地啃着一本艰深晦涩的外国小说，手机突然响了。是那个“立体现实主义”画家。

“我都睡了。”听到那个久违的声音，我有些不知道该怎么和对方打招呼。

画家则明显喝多了，连舌头都大了一圈。他口齿不清地重复：“就是想跟你聊聊……我就在你家附近呢。”

又威胁我：“你要不出来，我就钻车轮子底下去。”

我只好披上衣服出门。又是一个冬天来了，长安街沿线路旁那些白杨树都落尽了叶子，树梢上却沉甸甸地耸动着大片黑影，原来是晚上来此栖息的乌鸦。夜风像飞溅而来的冰碴，吹在脸上，似有什么东西融化。我在翠微商场附近的十字路口找到画家时，他正抖搂着朝一根电线杆子撒尿。

看到我来，画家一边提裤子，一边凄然地说：“兄弟，我他妈让人骗了。”

我把他拽到商场一楼夜间营业的麦当劳，要了杯咖啡让他醒酒。画家的确没少喝，屡次三番拿脑袋往塑料桌子上撞，毛衣前襟上挂满了亮晶晶的口水。旁边两个谈恋爱的中学生像看戏一样打量着我们。我有点儿不耐烦，打着哈欠威胁画家：

“消停点儿，要不我也管不了你了，只能打电话叫收容所的人。”

“别走别走。”画家挥舞着双臂拉住我，适时地停止了借酒撒疯，然后朝我倒起苦水来。他所说的上当受骗，指的还是陈金芳替他到德国办画展的事儿。她吊了画家一年的胃口，不仅没有兑现，而且还以“缴纳策展担保费用”为由，把以前付给他的订金都拿了回去。画家心里越来越虚，终于忍不住向陈金芳摊了牌，得到的答复却是德国那个基金会倒闭了，合同只能作废。画家一气之下想打官司，却被工商部门告知那个“艺术品投资公司”的法人不是陈金芳而是胡马尼，现在胡马尼已经不知道跑到哪儿去了。

说起来，画家在这桩买卖里并没有吃什么实质性的亏，他只是感到自己偌大年纪还被人耍得团团转，很丢面子。而作为一个艺术工作者，这人也挺有自省精神：

“其实也怪我自己，太想在国外折腾出点儿名堂来了，艺术这个行当又没什么理性可言……结果糊涂油蒙了心，一点儿也没防备……”

我疑窦丛生，但嘴上也只能敷衍着劝他：“也没什么，您还可以继续画，机会别处也有。”

画家捂住脸：“要是别的地方看得上我，我也不至于被那娘儿们牵着鼻子走……我都这么大岁数了，估计也不会有什么起色了。”

然后，他又把手张开，好像对小孩儿做了个“变脸”的游戏：“还是你聪明。你早就看出她是在招摇撞骗了吧？”

“那倒真没有……”

“她有没有管你借钱？听说她找不少人借过。”

“有人借她吗？”

“那当然不会了。那帮孙子都比猴儿还精。”

我忽然想到，如果当初没跟陈金芳断绝联系，画家会不会把我也看成她的同伙呢？如果是那样，现在的局面就不是他找我诉苦，而是跟我玩儿命了。我的心里忽然充满厌烦，冷冷地对画家说：

“那你往后也学精点儿呗。”

画家向我转述的那些情况，自然让我联想到了陈金芳与 b 哥的合作项目。回到家后，我本想给 b 哥打个电话，但想了想，还是作罢。没过两天，报纸上的新闻就证实了我的猜测。欧盟突然启动了对我国太阳能产业的“双返”调查，他们认为中国政府大量补贴某些光伏厂商，以超低价格垄断市场。欧方扬言对中国产品征收高额的惩罚性关税，而在这个消息正式公布之前，走漏出来的风声已经掀起了轩然大波。主要的影响是在金融方面。银行和风险投资纷纷逃离，许多在建项目所在地的政府也打起了退堂鼓，不久前蜂拥而入的投机分子变成了退潮后晾在沙滩上的鱼。

几天之后，我突然接到了 b 哥的电话。他嗓音干哑，说话出乎意料的简短，只是让我赶紧到四合院来一趟。一进正厅，我便看到红木家具都蒙上了厚厚的棉布罩子，b 哥正在给保姆和厨子分发遣散费。他的脚下立着一只巨大的旅行箱。

“看见没有？哥哥我要跑路了。”b 哥不动声色地说。

“我会帮你照顾姨太太的。”为了缓解压抑的气氛，我开了个无聊的玩笑，“回来等着抱儿子吧。”

“丫跑得比我还快呢，早不知道哪儿去了，临走还顺走我好几样古玩。”b 哥坏笑了一下，“这帮女的就是这样，平常办事儿磨磨叽叽，大难临头各自飞的时候比谁都利索。她哪儿知道，我也想趁机甩了她——我告诉她这次玩儿砸了，倾家荡产了，没准儿还得坐牢，其实远到不了那个地步。江苏那个项目我只是牵头，自己根本没往里投入多少，玩儿的基本上都是别人的钱，等到风头过去之后，照样是一条好汉……”

“那你跑什么路啊？”

“那帮人玩儿不起啊。我给他们分钱的时候都美着呢，现在亏本儿了，一个个跟死了亲妈似的，堵着家门口管我要钱，还有号称要找人卸我一条腿的……有这么不讲理的人么？投资有风险入市须谨慎，这话我当初不是没提醒过他们，是他们非追着我要参股的，这时候翻脸不认人了……”

我木讷地听他骂着街，明白自己再说什么都是废话了。b哥拽起箱子，扔给我两副钥匙，“这是我这院子的钥匙，车你也先开着。隔三岔五过来给花儿浇浇水，不怕麻烦就找人保养保养家具——碰上要债的就说我死了。”

我开着b哥的“捷豹”，把他送到了机场。临下车，他拿出烟来，跟我凑了个火儿，歪着脖子吧嗒吧嗒地抽。

“对了，还没说你要去哪儿呢。”我问他。

“恕我不能明言——这是原则。跑路就得有个跑路的样子嘛。”

我迟疑了片刻，终于又开口问：“陈金……哦不陈予倩，她找没找过你？”

“没有。项目出事儿以后，她就再没露过面。”b哥突然叹了口气，语调也低沉下来，“假如我没看错人的话，她要承担的后果是最惨痛的。别人拿出来的都是闲钱，只有她，很可能把什么都压上了……还是那句话，我们这样的买卖，本来就不是她能玩儿的。”

我默默地把烟头扔了，没接他的话。b哥又说了几句“等我南霸天回来”之类的豪言壮语，然后就戴上墨镜，缩头哈腰地蹿下车，很像那么回事儿地跑路去了。自从机场高速改为单向收费，回城的那个方向总是很堵。还没到五元桥，车流干脆就停止不动了，前面的司机纷纷下车，伸着脖子张望着是不是出了事故。我溜了个边儿，开着“捷豹”从应急车道拐上了一座高架桥。

出了收费站前行几公里，便看见了熟悉的景色。那片地方恰好是在五环外的“文化创意产业园”附近，陈金芳的公司就在不远。我恍惚了一下，把车拐进了产业园正门。那栋三层小楼像没事儿人似的伫立在树荫里，楼上的灯却全灭了。我停车上楼，不出意料地看见了玻璃门上挂着的链子锁，还有一张简短的封条。物业公司声称，因为陈金芳的公司拖欠租金长达数月，已经收回了房屋的使用权。而就在几乎一眨眼以前的日子里，我们曾经在那扇门里觥筹交错、装疯卖傻、口吐莲花。那里面似乎永远有酒，有音乐，有不知忧愁为何物的红男绿女。在和陈金芳重逢的一年多里，我看着她起高楼，看着她宴宾客，看着她楼塌了。

凝视着封条和链子锁，我突然又回忆起了她在豁子的资助下，开过的那间服装店。虽然陈金芳早已改头换面，但最近的经历，只不过是把她的当年又重复了一遍而已。在那个服装店里，我曾经狠狠地拥抱过她；在眼前这个公司楼下，我又像浑蛋一样把她推开了。我曾经从她身上找到过安慰，也曾经把郁积在心里的怨气没头没脑地撒在了她身上。如今，我只能躲着楼下咖啡馆服务员狐疑的眼神，在暮色的掩护下匆匆离开。

我最后一次见到陈金芳，是在大约两个月以后。

那时天已经彻底转冷，但离过节还有段日子。中国与西方的多项贸易谈判还在胶着地进行，毫无进展。受此影响，很多原先呼风唤雨的大人物都破了产。加入跑路队伍的商人越来越多，b 哥仍然不见踪影。面对经济领域的困局，国家高层发出了“共度时艰”的号召。

那天我正在办公室写稿，手机忽然响了。是个从来没见过的号码。我以为是推销房产或者保险的，便不耐烦地拒接。过了几分钟,电话又打了过来。我没好气地问:“谁呀?”

“是我。”陈金芳的声音传了出来。

我的心往上吊了几寸:“你……还好吧?”

“不好。”陈金芳停顿了一下，接着说，“我可能快死了。”

“别开玩笑了。”我说。

“真的……我以前骗过你吗?”陈金芳说，“我现在实在找不着别人了……”

她的口气让我不由得恐惧起来。我迅速问了她在哪儿，然后请了个假，开车出门。

陈金芳所说的那个地址，在东四环麦子店附近的一栋筒子楼里。那儿的房子十分老旧，租住的都是刚来北京不久的年轻人。逼仄的土路两旁摆满了小摊，生锈的自行车横七竖八地堆放着。离楼门洞还有半里路，b哥那辆“捷豹”车就再也过不去了，我只好步行。上楼梯的时候，我差点儿和两个香喷喷的姑娘撞了个满怀，她们翻开二两重的人造睫毛，用东北话问我“大哥咋不看着点儿呢”。

陈金芳所说的房间在三楼走廊尽头。我推了推门，门没锁，40 瓦灯泡的光亮稀薄地渗透出来。屋里除了一桌、一床、一张塌陷的沙发，就再也没有其他家具了。家具上端坐着陈金芳，她腰背挺直，在昏暗的背景中，脖子的曲线像某种水禽般婉转。

我叫了她一声，她像睡着了一样没吭气。这时，我才看见她的脸上有大片的青瘀，明显是被人打的，嘴唇都肿了起来。我还看见了沙发腿之间的那摊积血。血是顺着她的左手流下来的，把长筒袜都浸透了，并且还在以肉眼不易察觉的速度蔓延着。

我随即看见了她腕子上的伤口——半寸来长，下刀想必非常果决，皮肉都被豁开了。而陈金芳这时才意识到我来了，她睁开眼，歉意地对我笑笑。

“本来想自杀来着，不过我没有自己想象的那么胆儿大，一看见血就害怕了，不敢死了。”她说，“只好再麻烦你一趟了。”

我心里翻涌着，说不出话，弯腰一把揽起她。抱着她往外跑的时候，我感到她的体温比正常人低了许多，但搂在我脖子上的那条胳膊却还是那么有劲儿，手隔着外衣，抓得我的肩膀都疼了。跑过楼外那条小道时，熙攘的人群自动散开，人们瞠目结舌地围观着。在余光里，我看见陈金芳的血不间断地滴到地上，在坚硬的土路上绽开成一串串微小的红花。这么多年过去了，陈金芳仍在用这种方式描绘着这个城市，然而新的痕迹和旧的一样，转眼之间就会消失。

我把她送到了最近的一所医院。过了晚饭时间，医生终于结束了工作，出来告诉我“抢救基本成功”。又有一个工作人员催促我去补办住院手续。

等到一切忙完，天已经黑了。我踱进陈金芳的病房。她的临床是一位在小诊所刮宫造成大出血的女中学生，一直在满嘴脏话地喊疼；而陈金芳则紧闭着双眼，咬着嘴唇一声不吭，脸白得几近透明，连皮肤底下的筋络都浮现了出来。

但她的听觉却变得灵敏多了，迅速从女中学生的叫骂声中分辨出了我的脚步。她睁大眼睛，侧头朝向我，眼神向锥子一样。

“谢谢你啊。”

“没什么。”我舔了舔嘴唇，忽然脱口而出，“上次那么对你……实在是对不起。我太不识抬举了。”

陈金芳笑了一笑，也许是失血过多的缘故，她的脸上出现了许多纵横发散的皱纹：“你又没说错，我是没什么了不起的。”

“不不，比起我你已经……”

“当然你也不怎么样。咱们半斤八两吧。”她又接上一句。

我们有气无力地相视一笑。旁边那个女中学生的声音又高亢了起来：

“我操你妈的！

我操你妈的！

我操你妈的！”

我在医院的走廊守了一夜。第二天，医生说陈金芳的情况已经稳定了下来，我才回到单位去上班。这以后的两天，我每天晚上会到病房看看她，但她大部分时间都在昏睡，醒了也闭着眼睛，仿佛仍在虚弱地苦挨。我自然也不好跟她说什么。

到了第三天，我才走进病房走廊，就看见长椅上并排坐着两团人——的确是“团”，一男一女，身量都矮而肥胖，穿着鼓鼓囊囊的棉大衣。尽管多年不见，但我立刻反应过来，他们是陈金芳的姐姐和姐夫。

他们的模样也大变了。许福龙不再是那条精壮有力的汉子，他佝偻着腰，缺了几颗牙，连嘴唇都瘪了进去。

陈金芳她姐呢，那对引以为傲的大乳房早就垂到肚皮的位置上去了。他们面无表情，脸上笼罩着脏兮兮的沧桑，一看就是常年都在干体力活儿。

我在他们面前站住脚，陈金芳她姐半张着嘴，打量了我半天，也没认出我来。我只好自我介绍是陈金芳的“朋友”。

陈金芳她姐的第一句话就是：“她没欠你钱吧？”

得到否定的回答后，她的表情却变得恶狠狠的了：“她坑的全是自己人。”

接着，这两口子便围住我，倒好像我是个能解决问题的大人物，东一嘴西一嘴地痛陈起来。他们的讲述解开了我长时间里对陈金芳的疑惑。

她从来就没正经八百地有钱过。十多年前离开北京后，陈金芳便南下广东，先是在服装厂里做工，后来又到了深圳。在那几年里，她先后和好几个男人姘居过，一直在尝试着做买卖，又一直在亏本。每次经营失败，她都要靠男人去还债或者积累下一轮本钱。“这和卖没什么不一样。”村里人说。她让她的家人长期抬不起头来。但不知从什么时候开始，陈金芳的形象就变了。她开始开着轿车回老家，有时还带着一两个西服革履的合伙人来“考察”。她翻修了老房子，给姐姐姐夫家添置了全套家电，母亲过世后还举办过十里八乡最辉煌的葬礼。花出去的可都是真金白银啊！亲戚朋友们又顺理成章地对她刮目相看，大家都觉得她如今是一个“能人”了。

几乎是凑巧，没过两年，她的老家掀起了一场浩大的造城运动。经历了反复的说服、恐吓、群殴、威胁自焚，村里的土地终于被一个工业开发园占用，乡民们被搬迁上楼，拿到了或多或少的补偿款。那些钱却成了乡亲们新的难题。本地民风勤勉，大家自知不能坐吃山空，但想要做点小买卖，又往往不得要领。有年轻一些的到县里去开过杂货店和录像厅，很快就铩羽而归，还染上了吃喝嫖赌的劣习。这个当口，陈金芳又回来了。她宣称自己和人在深圳那边搞项目，大家可以把钱交给她去投资，十五分的高额利息，不出几年就能翻番。刚开始，人们将信将疑，入股的人不多，只有她姐姐和几个堂兄弟,交给陈金芳的钱也很有限。但不出半年,返回来的“分红”就让越来越多的人动了心。又有人到陈金芳在深圳的公司去打探过，传回来的信息是她真成了大老板，办公室比镇长的还要大。

“那时候哪知道她是非法集资……现在又被警察定

性成诈骗。”陈金芳她姐痴愣愣地陈述道，“她给我们的分红都是拿自己那份拆迁款垫付的，办公室也是临时租的。”接下来，村里人争先恐后地到陈金芳那儿去“入股”，连村干部都加入了进来。有个民办教师还要求陈金芳把自己的儿子招进公司里，“学着做点事”——这么做，当然是有监视她的成分在里面。有文化的人心眼儿是要多一些。但一个刚从大专毕业的愣头青又怎么是陈金芳的对手？没过两个月，这个叫胡马尼的小伙子就被她收拢了过去，成了她的同伙兼新一任姘头。

陈金芳带着胡马尼，又在广东晃荡了两年。他们过得花天酒地，用乡亲们的钱投资过工厂，也炒过股票，但始终没有折腾出大名堂来，还被更“聪明”的人骗了不少。寄回村里的红利不能减少，募集来的本金则日益捉襟见肘。眼看着就要走到绝路，陈金芳决定最后一搏。她改了身份，离开深圳来到北京，一心开拓更“高端”的人脉，做些一本万利的大买卖。在此之后，她的生活就是我亲眼见证的了。她混进了天花乱坠的艺术圈子，又搭上了b哥那样的专业投机客，貌似有了逆转局面的机会，但最终彻底崩盘。

陈金芳把事情“搞砸了”以后，胡马尼突然悔恨万分，正义感也冒了出来。在藏身的筒子楼里，他代表全村人民怒斥了这个女骗子，将陈金芳推到沙发上，狠狠地揍了她一顿，然后就浪子回头地回村报信去了。

陈金芳她姐把话说完，便站起来走到病房门外，透过窗子呆滞地往里望着。因为身量矮，她需要轮番踮起脚尖，重心一会儿压在左脚上，一会儿压在右脚上，好像在跳芭蕾舞。我不知道陈金芳是否也在从里面看着她。又过了一会儿，警察就来了。两个老家市局的，一个北京派出所的协办人员。他们向医院的人出示文件，说明情况，一个老警察对许福龙吆喝了一声。然后，陈金芳的姐姐姐夫便走进去，把陈金芳的移动病床推出来，走到走廊门口。那里停着一辆外地牌照的依维柯警车，还放了一副担架。

陈金芳被抬上担架的时候，我意识到告别的时刻到来了，便默默地走了过去，从上往下看着她。陈金芳眯着眼，仿佛被太阳晃到了。

我局促了一下，说："再见。"

"再见。"她的声音出人意料地清脆，还有种一切都安顿好了的踏实的感觉。

这样的道别倒也平和，甚至还称得上有几分洒脱。

然而被抬进依维柯的后备厢时，陈金芳突然欠起身来，直勾勾地盯着我。

“我只是想活得有点儿人样。”这是她对我说的最后一句话。这话让我震颤了一下，连车子开走都没有意识到。等我醒过神来，眼前已经空无一人。我的灵魂仿佛出窍，越升越高，透过重重雾霾俯瞰着我出生、长大、长年混迹的城市。这座城里，我看到无数豪杰归于落寞，也看到无数作女变成怨妇。我看到美梦惊醒，也看到青春老去。人们焕发出来的能量无穷无尽，在半空中盘旋，合奏成周而复始的乐章。

报　道 |红　日|

红日，男，广西都安人。1983 年开始文学创作，已发表作品一百多万字。著有长篇小说《述职报告》，出版有小说集《黑夜没人叫我回家》《说事》。曾获“金嗓子”广西文学奖，广西少数民族文学创作“花山奖”，2013 年度广西作家（小说）奖。中国作家协会会员，广西作协副主席，鲁迅文学院第十二届中青年作家高级研讨班学员。

十多年前报道那个扶贫英雄的作者名叫文丕。那十多年前报道那个扶贫英雄的作者名叫文丕。那个文丕就是我。那年我刚从报社调到文联，年前我在下乡采访途中遭遇车祸，摔断了右腿。我的上司俞平夫社长认为我不适合再当记者，他把我推荐到市文联。市文联主席陈真味先生那时正为一年上缴五千元残疾人就业保障金而头痛，我来了就等于文联养了一个残疾人，以后这五千元就不用再上缴到市残联。换句话说，我到市文联后每年可以贡献五千元。当时我三十二岁，我干到退休的时候可以为市文联贡献十四万元，就这样陈真味主席双赢地接纳或者引进了我。陈真味主席既是一位从事喜剧创作的剧作家，又是一位善于精打细算过紧日子的领导。我到市文联参加的第一个会议是研究选派工作队员到扶贫联系点去扶贫。此前市文联的老黄和老章轮流下去了，只有新来的我和陈真味主席没下去过。陈真味主席当然不能下去，他是单位一把手，他下去了文联就得关门。中国是一个没有领导就会乱套的国家。再说陈真味主席这样一个正处级领导干部到村里去当工作队员，县里的书记县长怎么摆布他。于是，我责无旁贷地说我下去吧。我的新上司陈真味主席嘴上叼一只烟斗，那只烟斗和他的脸色一样蜡黄，仿佛陈年的腊味。陈真味主席的目光落在我的拐杖上，停留了一锅烟的工夫，他说可是你的腿脚不方便啊！陈真味主席这句话明显地带有照顾我的成分，当然也是因为我腿脚不方便才需要开会研究。但是陈真味主席这句话却伤了我的自尊心，自从我的右腿摔断了以后，我就特别的敏感和要强，我不能接受别人把我归入残疾人之列，尽管只要我承认我是一个残疾人每个月就可以领得一百多元的补贴。要知道我当时尚未婚恋，人家女孩要是知道我不怎么健全，我就是写一万句“我爱你就像爱我剩下的唯一的一条腿”，也不会有哪个女孩被我的豪言壮语所打动。我当即站起来，在原地健全地走了几步。事实上我的右腿也不是完全丧失了行走的功能，它只是需要拐杖助力，就像领导需要秘书一样。我说从某种角度来讲我比健全人还牢靠，因为我有三条腿，我比健全人还要脚踏实地，立场坚定。我说我孑然一身无牵无挂无后顾之忧，是最佳的扶贫工作队员人选……陈真味主席打断我的话，他说最佳的标准不是工作队员的思想素质，而是工作队员所在单位的经济实力，我们文联的财力物力注定我们根本不可能为联系点做任何一件需要花钱的事情。陈真味主席说既然你执意下去，我就全力支持你，当然你下去了也不可能为联系点做出什么贡献，但去与不去是态度问题，有没有贡献是能力问题。陈真味主席鼓励我说，你也不是什么事情都干不了，你手里不是有一支笔吗？你可以为他们写宣传报道嘛，物质上帮扶不了，那就精神上帮扶吧。十多年来我一直牢记陈真味主席的话指导实践。陈真味主席是搞喜剧创作的，但我发现他在现实生活中的台词却相当严肃，当然是残酷的现实迫使他严肃。

老黄和老章告诉我，我们的联系点是一个名叫龙骨的偏僻山村。老章说什么叫偏僻？他给我举了一个例子，他说 20 世纪 70 年代末龙骨村进来第一批扶贫工作队的时候，一位瞎眼的老大爷拉着队长的手问了一句：蒋委员长身体可好？老章说偏僻吧。后来我才理解老章的表述不准确，那不叫偏僻，那叫闭塞。我们全体工作队员胸戴红花下村的那天，市政府中心广场红旗招展，锣鼓喧天。十多年了，我还记得那个激动人心让人饱含热泪的场面。市里一位领导亲自给我戴上大红花，那朵大红花占据了我胸脯三分之二的面积，它像一团火焰一样熊熊燃烧。陈真味主席破例用单位的小"羚羊"把我送到那个乡政府所在地清水街，以前老黄和老章都是自己坐班车下来的。此举是陈真味主席对我的特殊关照，当然也是对扶贫工作的高度重视。乡政府一位穿迷彩服的干部像接收一件可有可无的救灾物品一样接收了我，他看了我的介绍信后喊了一声：老跛，你过来，你村的工作队员文同志到了。叫老跛的一个中年人，有些不情愿地一瘸一瘸地迎上来。事实上屋檐下的老跛一直在观察我或者说一直观察我乘坐的小"羚羊"，饱经沧桑伤痕累累的小"羚羊"，让老跛一脸失望。但是当他见到我从车里伸出一根拐杖出来时就一脸灿烂了，老跛神采飞扬地握着我的手，文同志，你是残联的吧？我说我是文联的。老跛就不作声了，失落重新爬上他的麂皮脸。

老跛挑着我的行李，一瘸一瘸地走在我的前面。我拄着拐杖一瘸一瘸地跟在他身后，我们俩一瘸一瘸地走在羊肠小道上。老跛左腿有疾，我是残在右腿上。我俩要是合成一体，就是一个健全的人啊！老跛问我，你怎么不是残联的？我跟老跛解释，不是残疾人都到残联去，何况我不是残疾人！我告诉他市残联覃主席就长得牛高马大、端端正正的。当然，别的部门也有残疾人，主要是脑残。我问老跛，我是残联的又怎样？老跛说残联牛逼啊！残联有很多钱，去年他们为隔壁的龙头村修了两条四级路。我说我晓得，我们文联的老黄和老章在龙骨村住了两年，半截路也没修成。我当时确实不知道市文联没有钱，我以为市文联跟报社一样有钱，报社当时一年登载治疗梅毒的广告就有五百万的收入。市文联不是也有一份刊物吗，为什么只搞精神食粮不搞点福利创收？我后来才知道文联一年只有两万元的办公经费，连确保机关正常运转都难。别看老跛只是个村干部，他对国家机关部门的情况了如指掌。老跛说你们不就是几个联吗？你这个联，残联，还有妇联、侨联、工商联，怎么你这个联跟那几个联不一样呢？我说我初来乍到，情况还不了解。我后来才知道别的部门从上到下都有一根线连着，唯独文联系统没有。这根线就是钱，就是经费。我后来还知道别的部门之间的关系是纵向关系上下关系，文联系统是横向关系平行关系。老跛换了话题，他说真是为难你了，你们文联就不能派一个腿脚方便一点的人来吗？我心里也想说一句真的为难你了，你们龙骨村难道就不能找一个腿脚方便一点的人来当村主任吗？当然我没说，也不能这样说。我对老跛说，为难的是你而不是我，我下来时领导一再交代不要为难群众，我今天一来就为难你了，恐怕以后还要继续为难你。老跛说为难谈不上，我只是觉得你没必要下到村里来跟我们搞什么“三同”，你只要到乡府露个脸就行了，年底我保证给你盖章填满勤。我当时不明白人家老跛是把我看作累赘了的，我们文联没有扶贫项目，没有援助经费，人家却要白白地伺候我，我不是累赘也是个包袱。我对老跛说，我既然下来了，是真心想办些实事，你不要以为我们文联什么作用都没有，我们某些方面的作用别的部门是没有的。那时候我们正好爬到山坳口，老跛把行李担子架在一块石头上说休息一下，前面还有五个峒场的路程。我支着拐杖，从行李包拿出一沓稿纸来，我说你们不是要修路吗？我把这一沓稿纸变成一沓钱来给你们修一条路，你信不信？十多年来我都弄不明白我当时哪来的胆量或勇气，说这样的大话居然毫不含糊，今天就是把我推上主席台给我麦克风我也讲不出这种激动人心催人奋进的话语来。老跛一句话也没说，抢过我手上的稿纸默默地放进行李包里，挑起行李担子一瘸一瘸地重新赶路。我追着老跛，连连追问你信不信？老跛被追问急了就说，我信我信，我都信！老黄下来时说要写一个剧本，到时拍电影了政府自然会修路进山来，我信了。老章下来时说要画一幅画，待他把画拍卖了，别说修一条村级路，就是修一条柏油路都完全有可能，我也信了……我一时无语，老黄和老章都是文联精英文艺界的名人。前者是知名编剧，写过很多谍战剧本；后者是著名画家，有画作被国家博物馆收藏。而我不过是一个写“豆腐块”的跛脚记者，我这点能耐算个啥啊！

沉默了一段路程后我才想起怎么称呼老跛，我问老跛，怎么称呼你？老跛说你就叫我老跛，全村人民都叫我老跛，我乐意听人叫我老跛，你也叫我老跛吧。我说我叫不出口。老跛说有什么叫不出口的，跛就跛嘛，你也是跛的嘛，你叫我老跛我叫你小跛，怎么样？我原则同意了，但后来只有我叫他老跛，老跛一直叫我文同志。老跛问我，你是怎么跛的？我告诉他是一次车祸后跛的。老跛说你这跛啊，跛得一点也不浪漫，我是睡一个女人的时候让她的两个野仔砸跛的，我这跛有所值。十多年了我一直感叹，同样是跛子，我跛得索然无味，老跛却跛得意味深长。我后来在老跛一本笔记本的扉页上，知道老跛的名字叫韦鸣炮。

老跛说老黄下来时要写一个剧本拍电影，让电影把公路引进龙骨村来，其实老黄在龙骨村住了一年，一个字也没写出来。老黄是写谍战题材的，龙骨村自古就是一个偏僻之地，不说特务，就连土匪都没光顾过，红军和游击队更没来过，所以老黄能听到什么故事？不能！再说老章，老章下来时说要画一幅油画，要把他的画拍卖了修一条柏油路到龙骨村来，后来老章一幅也没画出来。龙骨村地里除了玉米就是向日葵，向日葵老章他敢画吗？他画得过凡·高吗？他就是画玉米也画不过李金山先生，自然老章的画就画不出来了。据不完全统计，老黄和老章两人在龙骨村总共吃了两头肥猪、十二只山羊、三百一十七只土鸡和六百三十四斤米酒，最后一事无成扬长而去。以上数据是我后来在老跛的一本笔记本上偶然发现的（类似这样的数据我后面还会补述），但我在龙骨村一年多时间里老跛对此只字未提。相反老跛对老黄和老章的工作给予了充分肯定，比如老黄把村里三十多位留守妇女组织起来，成立“留守母亲艺术团”，排演节目，自娱自乐，让她们心有所依，情有所寄，解除寂寞。老黄还把十几个专门给死人做法事的道公师公组建成“天地畅行歌舞队”，将封建迷信转变成为非物质文化遗产，引起了有关部门的高度重视。值得一提的是，这两支文艺队伍在全乡“七一”文艺汇演中双双夺得一等奖，一下子提高了龙骨村的知名度。老章义务给村小学的学生上美术课，教他们画国画、画油画，乡中心小学和中学的学生们都没享受到如此的殊荣，因为他们从未见过美术老师。此外老章还为村里的老人画像，比如为村里的黄毅松、赵家林、宋亦荒三位老人画的像，后来都成了他们的遗像，填补了村里老人去世丧事没有遗像悬挂的空白。家属们见到先人栩栩如生的画像，唏嘘不止，感激涕零。然而，我知道这些都不是老跛所思的，都不是龙骨人民所想的，他们世世代代祖祖辈辈所思所想的是一条公路，一条通向山外世界的公路。这才是他们的梦想或者叫作龙骨梦。老黄和老章都没能帮助龙骨人实现这个梦想，他们白白地吃了龙骨人民的猪肉、羊肉和鸡肉，喝了几百斤酒，还睡了两个留守妇女（老跛的笔记本记录有时间地点和姓名）。当然，我知道老跛同样对我没有信心，我明白任何一个龙骨村人都不会对我这样一个跛脚的人抱有幻想。

我没想到我这个写“豆腐块”的跛脚记者，一进龙骨村就有创作灵感。文学需要灵感，新闻也是需要灵感的。灵感来自一座令我胆战心寒的天桥。那天天快要黑下来的时候，老跛挑着我的行李把我带到一处山崖边上。老跛指着眼前一个锅底状的峒场对我说，文同志，现在摆在我们面前有两条路，一条是沿着山崖边的小路下到这个峒场的底部，再爬上对面那座山，时间大约需要两个小时；一条是通过附近的一座天桥，直接到达对面的山崖。我把眼镜摘下来，掏出手帕擦干镜片上的水汽，再戴上一看，眼前的峒场深如天坑，坑底散落几户人家。斜对面的一处悬崖近在迟尺，悬崖下面是望不见底的绝壁深涧。悬崖之间长出的杂草，让风一吹就会勾在一起。我对老跛说捷径不走走弯路，那不是傻子吗？走天桥吧。

老跛就卸下担子，爬下一个坎去，让我把担子递给他，再伸手接我下去。老跛扶起一簇弯垂下来的杂草，我看到了几根大小不一的木头拼在一起，高低不平地架到对面的悬崖。我指着那几根木头问老跛，这就是天桥吗？老跛说没错，村里人每次出山就从这天桥经过。老跛挑着担子走在我前面，我战战兢兢地跟着他走上天桥。走到天桥中间，老跛加快脚步一下子就到了悬崖那边。我忽然迈不开步伐，我的双脚，还有我的拐杖似乎被铆在了天桥上。我看见绝壁深涧奔腾的溪水，还有几只飞翔的鸟儿。我的头皮一阵阵发麻，眼前突然一片昏暗，我感觉身子不停地发抖，像害了疟疾一样。老跛在对面大声地喊道，文同志你怎么了？我无力地摇了摇头。老跛喊道，趴下！赶快趴下！我慢慢地蹲下来。老跛在对面给我发出指令：搁下拐杖往前伸出手去，两手抓稳两边的木头，再伸出脚去，慢慢地往这边挪过来。我整个人趴在天桥上面，依靠两手的力量，小心翼翼地往前挪动。山风徐徐地吹过，我两眼紧闭，肚皮一阵阵地收缩，接着裤裆一阵温热，我仿佛回到童年时代的某天早晨。爬到山崖这边，我一屁股瘫到地上。老跛用力拉着我，快走吧，天要黑下来了。我勉强地站起来，我说拐杖留在天桥上了。老跛一瘸一瘸地返回天桥，一下子就把我的拐杖捡了回来。当晚在老跛家里，我对老跛进行了采访，我问老跛天桥什么时候架起来的。老跛很平淡地说不知道，他只知道在他父母亲去世之前就有这座桥了。老跛的回答或者说老跛的淡定让我失望，同时我对我的两位前任工作队员老黄和老章也很失望，他们怎能对这座天桥熟视无睹呢？怎能对这座天桥麻木不仁呢？我后来知道老黄和老章第一次进入龙骨村的时候，老跛也带他们来到天桥，但他们没有一个人从天桥经过，他们都是沿着山崖边的小路下到峒场的底部再爬上对面那座山。也就是说，他们回避了天桥。而他们回避了天桥，也就回避了一切。

第二天我拄着拐杖出现在村里，挨家挨户登门走访。村里人一夜之间都知道了我的名字，他们见到我就招呼文同志你来了，又问我老黄和老章都好吧。我说都好，都活得有模有样白白胖胖的，然后就问他们天桥什么时候架的。有的村民回答民国的时候就架了，有的说是上个世纪 50 年代架的。没有一个村民给我确切答案。我问多了就有一个村民说，文同志你说什么时候架的就是什么时候架的吧，以你说的为准。接着我又问他们，天桥架到现在有人跌下去过没有？问到的村民，有的连说没有没有，有的一听扭身就走了。再登几户人家家门，人们见到我就像遇到瘟神一样躲避。老跛责怪我道，你也真是的，怎么能问这个问题呢？难道你希望村里有人从天桥上面跌下去！我告诉你，天桥架到现在，不说一个人，就是一只羊一头牛都没有跌下去过。我直接就问老跛，你想不想修路？老跛说那还用讲吗？我说你想修路就把这座天桥架设的确切时间、架桥以后跌了多少人等具体数字拿出来给我。我提醒老跛，跌桥人数至关重要，它关系到龙骨村能不能修公路的问题。我提示老跛，现实中没有人跌下天桥，难道想象中就没有吗？那么危险的一座天桥，你说从未有人跌下去过，哪个相信？再说目前没人跌下过，你敢保证以后没有人跌下去吗？我说老跛啊！那天如果你不提醒我趴下，我就完全有可能跌下深涧去了。我告诉老跛，我是一个死过了一回的人，对于死亡的理解和对生命的敬畏，我最有发言权。老跛在村里转一天，天黑时回来给我材料：这座天桥架于中华民国三年即一九一四年九月，迄今已有八十多年的历史。天桥架起来后，龙骨村累计有十六位村民五十五头牲畜不幸跌下桥底，葬身绝壁深涧（我知道死亡数据是老跛经过统一群众的思想后得来的数据）。当晚在老跛的家里，我一口气写下一篇文字《一座天桥连接山外的世界》，是以“群众来信”的体裁写的。文中我根据老跛提供的材料，详细生动地描述龙骨村六千七百多人民群众行路的艰辛。我写到村人从天桥上跌下绝壁深涧时，泪水一直流个不停，稿纸上的字被洇得一塌糊涂。年前我从摔得七零八落的汽车残骸里爬出来时就是这样哭的，哭的原因是意识到自己还活着。坐在一旁的老跛不停地给我端茶点烟，拿着毛巾为我擦泪。我在文字的最后一段写了这样一句话：这座天桥年代久远，木头已经腐朽，厄运随时降临在龙骨村人的头上。鸡啼二遍的时候，我抄完第十份稿子，在十个信封上写上了十家报纸的名称和详细地址。我当记者时跟许多家报纸的编辑建立了良好的关系，人缘与人脉有时候就是不可估量的资源。我交代老跛的独仔阿夕，明天到清水街邮政所用挂号寄出去。老跛的独仔阿夕后来成为我驻村期间的通讯员或者投递员。他健步如飞，从村里步行到清水街只用别人三分之一的时间。老跛宰一只母鸡慰劳我，那是一只正在下蛋的母鸡，它的肚子里有一只已经成形了的鸡蛋。我跟老黄和老章一样吃着龙骨人民的鸡肉，我不知道他们是否吃得心安理得，我承认那天晚上我吃得很踏实甚至很自信，说到底就是吃得厚颜无耻。

大约半个月后，乡府那个穿迷彩服的干部带了八个人来到龙骨村。一进到村里，“迷彩服”就叫老跛带他们去看天桥，原来他们进村时老跛没有带他们通过天桥，而是沿着山崖边的小路下到那个峒场底部，再爬上对面那座山进村来的。我提上拐杖也跟着去了，我有些不放心老跛。尽管这些天来我一直对老跛进行培训，还是担心他在关键时刻稳不住阵脚，回答问题时出现差错。和很多村干部一样，老跛是一个被上级呵斥两句就腿软的人，何况他还是一个跛了腿的人。另外，还有两位村干部来不及对他们进行问话培训。龙骨村除了老跛以外还有两位村干，一位叫韦鸟笼，一位叫韦鸟套。前者年岁较大，村人叫他鸟叔。后者年纪较轻，村人称之鸟哥。村干是他们的副业，他们的主业是道公。单位老黄成立“留守母亲艺术团”时两人还为竞争队长一职闹过别扭，连道场法事也不一起做了，目的是想独霸留守妇女这一资源。老跛在龙骨大队改为龙骨村委会时就当了村主任。那年丧偶的老跛去会一个寡妇时，中了她两个儿子的埋伏，突围时被砸断了左腿，闹了绯闻，老跛就辞职不干了。后来村两委换届，村里人又把老跛选上来，支书主任一肩挑。爬上悬崖看到天桥，“迷彩服”带来的人就像考核干部一样对老跛进行提问，提问内容几乎跟我先前采访老跛和村民的内容一样，即天桥何年架起、发生过村民跌下天桥的事故没有？老跛都冷静地一一作了回答。一个戴金表的领导问道，全村有多少群众进出山要走这座天桥？老跛回答说，全村分为三个片，有两个片约五千多群众进出山必须通过这座天桥（老跛这个数据比我文字上的数据少一千人，却是真实的数据）。一个穿花格子T恤衫的领导说，群众干吗非得走这座天桥呢？沿着对面山崖的小路下去，再经过下面峒场上来不就没有危险了吗？我们刚才就是这样进村来的。老跛一时答不上来，事前我也没有培训他这个问题。我当即替老跛解释，我说你们刚才是走弯路，人民群众是不会走弯路的，只有干部才走弯路。“表哥”扭头问我，你是哪个单位的？我说你回去看市委文件就知道了，我是市委派来的。“表哥”又问我，你不是干部？我说严格来讲不是，我是事业编制，只有你们这些公务员才是干部。我后来知道“迷彩服”那天带来的八个人，分别是县府办、交通局、发改委和扶贫办等部门的头头脑脑，带队的是一位姓曹的县府办主任，就是那位“表哥”。“表哥”曹主任是奉栾县长之命率调查组前来调查的。栾县长从报纸上看到那篇被编辑删除了一半的“群众来信”之后立即作出批示，要求相关部门深入实地调查，尽快拿出修路方案。

从天桥回来，阿夕已经摆好餐桌，餐桌上摆满了羊肉、鸡肉和腊猪肉。两个片的片长、小组长和群众代表已经到了，都坐在餐桌边热情等候。这是事前我跟老跛策划好了的，调查组来之前我们曾经在老跛家碰头过，我对片长、小组长和群众代表也进行了培训。老黄和老章已经把老跛家的羊吃完了，我就拿出一千块钱给老跛，叫他去买一只阉羊来。老跛死活不肯接受。我说就当我捐给村里修路的款项吧，再说调查组吃不到羊肉怎么给我们修路。说完后面一句我就感觉有些不自然，老黄和老章不是吃了老跛十二只羊也没修出半截路来吗？当然老黄和老章不可能跟调查组的人相提并论，调查组的人个个都是手里掌握项目的实权人物。老黄和老章能做什么？他们只会纸上谈兵，空谈误国。那天调查组的人一进屋就被群众的热情感动了，感化了，感染了。他们被群众分派到三个餐桌去，这便于各个击破——这是我和老跛的策略。

十多年了，我还记得那天的天气和场景。那天春光明媚，阳光灿烂，干群同心，大块吃肉，大杯喝酒，喜气洋洋，其乐融融。过后老跛说这是龙骨村解放几十年来最热闹的一天，当年土改分田地时也没有这样热闹过。宴席进行到后半场，“表哥”曹主任已经满面红光神采奕奕了，他发话说，同志们！你们看了天桥之后，都有什么想法？大伙说曹主任的想法就是我们的想法。曹主任扭头对“花格子”说，莫老爷你回去负责写好调查报告，如实向栾县长汇报龙骨村群众行路难的问题。“花格子”连忙表态遵照。曹主任接着指示，交通局要立即派技术员下来走线，尽快拿出公路设计方案，发改委要及时上报项目落实项目，尽快组织实施。曹主任最后下令，马上拆除天桥，不能再让群众冒险通过天桥了。老跛一愣，说曹主任能不能修通路了再拆桥？曹主任斩钉截铁道，不行！马上就拆，一天也不能耽搁了。曹主任指着我说，拆除天桥，你来督办，市委派来的同志。

我和老跛在天桥边上发生激烈的争吵，这是我在龙骨村一年时间跟老跛唯一的一次争吵。十多年了，我一直为那次争吵无法原谅自己。我在龙骨村一年时间里与老跛的关系可以说是相敬如宾，我们相依相靠，团结得就像一个健全的人。争吵的原因是老跛坚持公路修通了再拆除天桥，老跛反复跟我强调天桥的安全性，他说天桥的木头是浸泡过桐油的坚木，坚实且坚韧，比钢还要硬，比铁还要韧，并不是我在文字里所说的已经腐朽。老跛说文同志，为了修路你可以那样夸张和渲染可以形而上，但现实生活必须尊重事实。老跛把我拉到不远处的一座庙宇，指着里面一块裹着红布的石头说，请你相信它，它是全村人包括你永远的保护神，任何一个通过天桥的人都不会有风险。我跟老跛强调我必须履行职责，必须承担我的责任，拆除天桥就是我的职责我的责任，不拆除天桥我就无法向曹主任交代。老跛问我，如果天桥拆除了，项目没批下来，公路修不了，我怎么跟群众交代？拆桥容易架桥难，老跛说，我直到现在都弄不明白，祖先们是怎样把那几根木头架到对面悬崖上去的，那时候没有吊机，没有起重机，难道是神仙帮助了他们？我说老跛你可以相信神仙，更要相信政府，政府才是真正的神仙。老跛说我不是不相信政府，我是不完全相信政府的某些人。最后老跛跟我妥协，他说天桥不拆，封起来行不行？我保证不让群众通行。我态度坚决，不行！必须拆除。就在我和老跛争执不下的时候，我听到轰隆一声巨响，扭头一看，老跛的独仔阿夕用钢钎撬开了枕着桥木的一块石头。老跛疾奔过去，但为时已晚，架空了的天桥斜着身段，落下了绝壁深涧。老跛哀叹一声，造孽啊！

从山崖上下来，老跛一路无语。连续三天老跛没有跟我说一句话。我后来知道天桥是老跛心中真正的“天桥”，和庙宇里那块裹着红布的石头一样神圣不可侵犯。老跛要修路但并不是要拆桥，而且根本不想拆除天桥。老跛认为修路和拆桥是两码事，井水为什么要犯河水？老跛直到去乡府开会那天才开口跟我说话，他提议我去找鸟叔和鸟哥开个会，商量配合县交通局技术员做好即将开展的走线工作。老跛对我说，利用你的身份教育一下那两个“鸟仔”，要分清主业和副业，不要一天到晚巴望人死。我说老黄和老章他们都不怕，何况我。老跛说那两个“鸟仔”就怕你，因为你是记者。我遵照老跛的指示，找到那两个“鸟仔”，我对他们说，鸟叔鸟哥，天桥拆了。鸟叔和鸟哥一致拥护拆桥的决策，他们说拆得对，拆得英明，拆得正确。天桥拆除了，政府就没有退路了，群众也没有退路了，这路就得修起来了。后来事实证明天桥拆除后，不是政府没有退路，也不是群众没有退路，而是我没有退路。我现场督办拆除天桥后，自己把自己逼到了一处悬崖上，前面是绝壁深涧。老跛从乡府开会回来那天，他的脸像天空一样阴沉。我心里咯噔一下，我分析是修路的事被推迟了，因为现在已是年初，所有建设项目早在年前已经层层上报，现在不是上报项目的时候，而是项目审批或待批的时候。我虽然是个跛脚记者，但一些简单的常识我是了解一些的。我想如果这样那就等一等吧，我们可以先发动群众做好修路的前期工作，比如该征地的征地，该砍伐的砍伐，在外面打工的青壮年要通知回来修路。这些杂七杂八的事也都不是迎刃而解，也要费一些工夫的。但是老跛带回的消息比我的分析还要糟糕，老跛说县里已经给乡里回复，龙骨村公路施工线路长、地质复杂、投入资金巨大，该项目需要有关部门反复论证才能立项。听老跛这么一说，我就明白公路泡汤了。县里所谓的有关部门要对项目论证才能立项，这论证不是通常的论证，是反复地论证。这反复的结果是什么结果，通常就是没有结果的结果。我的心一下子凉透了，我说老跛啊！我们都拆除天桥了，他们怎能不给修路呢？调查组羊都吃了怎能这样不讲信用呢？老跛说文同志，你太稚嫩了，我是老糊涂了，我们都是脑子短路了的人，我们都以为调查组是来修路的，其实他们是来拆桥的，拆了桥一切就万事大吉了。十多年后我跟曹主任有过一次接触，那时候曹主任已经当上副县长，他私下告诉我当时龙骨村公路项目没批下来的原因。原因是栾县长认为曹主任事先没经过他同意就擅自越权拍板修筑龙骨村公路，栾县长说修公路这么大的一件事，不是你曹主任能说了算，就是我栾县长也不可能一人说了算，而是要经过县长办公会专题研究的。曹主任说栾县长那些话都是借口，真正的原因是栾县长觉得自己被架空，一怒之下断然否决。栾县长还责怪曹主任处事不稳重，感情用事，群众讲什么就信什么，群众要什么就给什么，哪能这样当干部当领导呢！哪天全县群众都来县府大院要求当干部领工资你也同意吗？老跛对我说文同志，这回你该相信我的话了吧，我说过了的，我不是不相信政府，而是不相信政府的某些人。我流着眼泪对老跛说，老跛你放心，我就是去请愿去上访去静坐也要给龙骨村修出一条路来。老跛说你饶了我吧，你一旦去了还不是我陪你，那拘留所我可不想进去，里面尽是人渣。

我后来当然没有去请愿去上访去静坐，请愿上访静坐那是愣头青们干的傻事，我才不会那样干，那样干也不符合我的身份。我唯一可做的就是拿起笔来，继续写我的文字，重新发挥文字的功能和作用。拿破仑说过，一支笔杆子胜过两千条枪。艾森豪威尔也说过，一美元的外宣费用等于五美元的国防费用。尼克松在“水门事件”中受挫，差点受到弹劾，被迫辞职后他慨叹道，三份不友好的报纸，比一千把刺刀更可怕。这就是文字的魅力或者影响力。我对这篇《一座天桥连接山外的世界》进行再创作，我根据现有的素材，进行再挖掘再加工，把这篇“群众来信”修改成为一份内参。上次是公开发表，这次是内部报道。上次我投的是市级报纸，这次我要发给省报。上次的“群众来信”让栾县长看到，这次这份内参我要让市长和省长看到。为了体现文字材料的真实性，我让老跛在稿子的最后一页签上：情况属实，同意发稿。并加盖了龙骨村委会的公章。我把稿子直接寄给省报的一位编辑朋友，这哥们儿是负责这家省报的内参编辑。

两个星期后“迷彩服”又进村来了，这回他带进来的不是调查组，而是省电视台的两位记者。和调查组一样，两位记者稍作休息就提出要去看天桥。老跛告诉他们，天桥拆除了。高个子记者惊讶道，拆了！什么时候拆的？我回答说，一个月前县调查组来检查天桥后下令拆的，不允许群众再冒险通行。高个子记者问我，你就是那位叫文丕的作者吗？我说是我。高个子记者说，照这么讲天桥拆除了你才写的内参。我说天桥虽然拆除了，但桥址还在，通向天桥两头的小路还在，保佑天桥的庙宇还在，你们可以去拍嘛。一直不停擦汗的矮个子记者说，天桥都没了你叫我们拍什么！高个子记者带着责怪的口吻道，天桥都拆除了，你还写什么内参，你这不是搞假报道吗？你……我急得话都说不出来。事实上我是无话可说。“迷彩服”对我说文同志，你要是闲不住手，就跟我到乡府去，乡府有没完没了的材料够你写的，不要窝在这里胡思乱想瞎编滥造，害得我跑来一趟又一趟，害得我的一条腿也跟你一样跛了。说罢一瘸一瘸地迈起步来。我操起拐杖要砸过去，阿夕在身后一把抱住我。原本我们是要好好地招待电视台记者的，却让我一副拐杖赶出了门。那天我喝了很多的酒，酒进我的肚子后又变成水，一行行地从眼里鼻子里淌出来，仿佛又重新酿制或者过滤了一遍。我一遍又一遍地问老跛，老跛你告诉我，我让你把天桥拆了，到底是对还是错？老跛安慰我，没错！拆桥拆得对，你是为全村人的安全着想，我要是像你一样当工作队员，同样也要负起这个责任，你不要自责，不要想得那么多、想得那么复杂。我说可是天桥拆了，公路没修起来，我对不起全村人民，我让群众像干部一样走弯路了。我在哭诉中喊了一声姐啊！我少年时就失去了爹娘，姐是我唯一的亲人。

我连续在床上躺了三天两夜，第三天中午我还迷迷糊糊地躺着，我的上司陈真味主席站在我的床前。见我睁开了眼睛，陈真味主席呵斥道，你是不是每天都喝成这个样子？你啊！你给我们文联丢尽了脸面，你给我们文艺界丢尽了脸面，你今天就卷起行李跟我回去，不要在这里给我丢人现眼，惹是生非。陈真味主席是专门从市里下来兴师问罪的，有人把我的状告到了他那里，说我下到联系点后写假消息搞假报道，给村里乡里县里的工作造成严重的干扰，表面上看我是在帮忙，实际上是帮倒忙。我后来知道是栾县长亲自找到陈真味主席反映我的所谓的问题，并暗示陈真味主席只要把我召回来，县里可以给文联赞助十万元。栾县长甚至认为陈真味主席是专门派我来村里卧底的，县里历来对记者或者从事新闻报道的人保持高度警惕。原本软弱无力的我，经过陈真味主席的一番呵斥，浑身一下子充满了力量。我一骨碌从床上跳下来，两手叉腰指着我的上司陈真味主席，我是不是每天都喝成这个样子，我在这里是不是丢人现眼惹是生非不是你说了算，不是那些告黑状的人说了算，而是龙骨村人民说了算，你可以问问村干部，你可以随便去问任何一位村民，他们会给你正确的答案。那天我没有跟陈真味主席回去，龙骨村的公路没修出来我是不会回文联的。我不是老黄和老章那样的人，我吃了龙骨人民的鸡肉是要办事的。陈真味主席跟老跛从天桥遗址回来后，从包里拿出一沓钱出来递给老跛，说这是一万元，我把文联办公经费的一半都拿来了。陈真味主席说，你们可以先请交通局技术员来放线设计，先购买钢钎铁锤等筑路工具，待机会来了条件成熟了再施工，不要着急，一步一步来。老跛说陈主席，你把办公经费都拿来了，文联不就得关门了吗？陈真味主席答非所问道，一万块钱给你们，你们也修不出一公里的路来，但政府要是一年给我们文联相当于一公里路的经费，我们就可以做许多像路一样能够为子孙后代积阴功的事情。十多年了，喜剧作家陈真味先生的这句话始终让我回味无穷。

那天我哭诉时喊出一声姐后，突然想起我另外的一个亲人——我的姐夫，我从已经模糊了的姐夫的身影看到了龙骨村公路清晰的轮廓。我的姐夫准确的称谓是前姐夫，他已经和我的姐姐离婚多年。不过在我的心中他仍然是我的姐夫，就像小时候关爱我的人很多，如今我只记住吃饭时给我夹肉的人。我姐夫是一家经营民用爆破物品公司的老总，专门卖炸药、雷管和导火线的。我摊开稿纸，我把“读者来信”和那份内参的内容综合起来，结合实际，展开想象，给我的姐夫写了一封信。这封信实际上也是一篇报道，只不过只发给我姐夫一个人看。我在信上请求姐夫利用职权或者协调他手下的几个分公司给龙骨村捐赠一批修路的爆破物品。我恳求姐夫，哪怕给我一包炸药一枚雷管一截导火线也好，哪怕只炸响一炮也行。这炮一响，那是相当于苏俄十月革命的一声炮响啊！我的意图很明确，我们就是要做出姿态来让上级看看，我们都自己动工了，难道你们就不应该扶持？难道你们能见死不救吗？在等待我姐夫消息的日子里，我安排鸟叔和鸟哥去请交通局的人来放线。鸟哥说不用请人，他和鸟叔在扶贫攻坚战大会战开始时就接受了专业的培训，隔壁龙头村那两条路就是他们去设计的。他们决定暂停法事活动，负起村干部的责任，从明天起开始走线。老跛的独仔阿夕则带人到县里购买钢钎铁锤等工具，顺便通知在外面打工的人回来参加修路。老跛心有余悸地问我，文同志，这回应该有把握吧？我告诉老跛，我姐夫是民营企业老板，不是政府的人，你一百个相信。我还告诉老跛，姐夫欠我人情，这个人情他是要还的。这个人情就是当年姐夫跟我姐闹得不可开交的时候，我大义灭亲挺身而出，我劝我姐夫忍痛不如解脱，并建议我姐夫另找一个年轻的漂亮的听话的姐姐算了。这个建议提出来后，我被姐夫圈子里的朋友称为天底下最开明的舅子。这是我一生中唯一获得的荣誉称号。后来我姐夫用毛笔在我的这封信上写了一行字：文丕舅子求援书。有点像当年毛主席在彭德怀信上写的“彭德怀同志意见书”一样，并寄给我的姐姐。十多年了，我仍不明白姐夫此举是暗示他还了人情还是旧情未了。我没有经历感情，我以为感情这东西就像炸药的威力一样，炸完就完了。

我姐夫进村来的那天我一点思想准备都没有，因为凡是外面的人进到村里来，都是有人带路或者有向导。领导来的向导是那个“迷彩服”，其他人就由村干部带路。我姐夫那天是自己一个人寻路进来的，他像领导干部一样走了许多弯路才进到村里。我姐夫接连喝了两碗开水后说，我给你运炸药来了。我姐夫运来一车炸药、半车雷管和导火线，停在乡府大院里，由两个押运员看管。姐夫交代我，安排群众抓紧把物品运进来，落实仓库藏好管好（这是当时的情况，现在是不允许将爆破物品运到村里储藏的）。我说姐夫呀姐夫，你真是龙骨百姓的白求恩、山区人民的陈纳德啊！白求恩我姐夫知道，但不知道陈纳德。我姐夫问陈纳德是谁？我说陈纳德就是抗战时期开飞机运炸药去炸鬼子的飞虎队队长，是中国战区人民的姐夫。姐夫给老跛和他的独仔阿夕颁发了爆破证。老跛一生只有两张证件，一张是身份证，一张是爆破证。老跛要杀一只鸡招待我姐夫，我姐夫拒绝了。姐夫对老跛说了一句直到今天仍有教育意义的话，姐夫说我历来都是自己买饭自己吃，自己买床自己睡，自己买路自己走。姐夫从背来的编织袋里拿出几包牛肉羊肉和猪肉，交代老跛把村干村民小组长都请来，一是慰劳基层干部，二是感谢村里人对他舅子的关照。老跛惊愕半天，说我还没见过这样的干部。姐夫说我不是干部，我连党员都不是。我姐夫走后不久，老跛在山坳口上放了一炮，这炮一响，标示着龙骨村公路正式开工了。公路从村部修起，目的地是乡府所在地清水街。我和老跛商定，发动全村群众，采取“人海战术”，用两年时间把全长 11.6 公里的村级公路拿下来。根据安排，我驻村的时间是一年，我决定自己延长自己一年驻村时间，等公路修通了才回单位，我要对得起自己许下的诺言和龙骨人民的鸡肉。在外面打工的青壮年男人纷纷回来，全村男女老少齐上阵。村里有三位“活愚公”已七十多岁，也扛着钢钎铁锤上工地，他们在 20 世纪 70 年代因为挖山不止造梯田而闻名全县。凭着当年他们造梯田的经验，三位“活愚公”成了公路施工技术员。三位“活愚公”认为修公路跟造梯田是一样的，主要把路基砌踏实了路就稳固了，把水沟开通畅了路就牢固了。我每天拄着拐杖也到工地去，看到群众打飞锤钻炮眼就有点手痒，我当年读小学五年级下农村参加造田造地时练过飞锤。见我跃跃欲试的样子，老跛说得了吧，你的手细得像鸡爪，还是写你的报道吧。实际上老跛不提醒我，我也会写它一篇消息报道的，因为这是我的老本行。我热爱新闻事业，如果我不出车祸我目前还在报社写我的新闻报道。我虽然调到了文联，我的记者证虽然上缴了，但我还是乐意从事新闻报道工作。十多年后我从央视和《南方周末》上看到反映某地贫困现状的报道，我心里面就想，这些活儿我在十多年前就干过了。经过一段时间观察和思考，我写出了一篇文字《不等不靠自力更生修公路》，如实地反映龙骨人民在上级没有项目安排的情况下，不等不靠不依赖，发扬自力更生艰苦奋斗的精神，自筹资金，自己动手，全民参与修公路。

一杆杆红旗扛进村来，每杆旗子都写了文字，有“青年突击队”“党员先锋队”“巾帼筑路队”，等等。红旗后面是一些乡府和县直机关的干部，他们把红旗插在乱石堆上，然后和群众一起搬石块撬石头。那段时间，工地上红旗招展，人山人海，人声鼎沸，壮志凌云。后面又来了一支“绿帽队”，每个人的头上都戴一顶绿帽子，不论男女老少，帽子上一律写着“青年志愿者”。我在前来参加劳动的人群中见到了调查组那几个人，他们是交通局、发改委和扶贫办的人。那些肩扛摄像机、手拿照相机的记者，始终围着他们不停地拍录。我直到今天才弄明白，那是要镜头。“要镜头”这个词语，不是十多年后的今天才有，而是十多年前就有了。我后来还听说，那些镜头除了反映那些部门高度重视扶贫工作、积极组织群众修筑公路以外，还要作为上报项目的佐证资料，争取上级拨给项目经费。我姐夫曾跟我讲过这样一件事，他援助某个村修了一条屯级公路后，先后有三个部门去给公路拍照，证明那条公路是他们负责修建的，最后那三个部门都得到了上级拨给的修路经费。不过直到现在我不知道交通局、发改委和扶贫办后来是否得到上级拨给的经费。我直到今天也弄不明白，我们干部的脸皮居然可以厚到这种程度或者说可以这样死皮赖脸。我当时只是纳闷，你们不是说龙骨村公路线路长、地质复杂、投入资金巨大，公路项目需要有关部门反复论证才能立项吗？为何现在不需要论证了？难道群众已经为政府论证了吗？我当时如果知道可以这样要镜头，我一定写信给我的上司陈真味主席，请他无论如何要下来一趟，把我们文联那面“文艺志愿者”鲜红的旗子也扛下来，也插在乱石堆上，让它迎风招展，高高飘扬，然后把各个协会的文艺家也组织下来，也撬它几块石头搬它几块石头，拍它几张照片上它几组镜头，因为真正发动群众组织群众修筑这条公路的单位是市文联，文联才是真正的始作俑者。还有老黄和老章更应该下来，他们吃了龙骨人民两头肥猪十二只山羊三百一十七只土鸡六百三十四斤米酒，睡了两个留守妇女，他们一块石头也没撬过，一张报纸一个镜头都没上过。十多年后老黄和老章跟我谈起这么一段经历的时候，无不感激我弥补了他们两人的缺憾，给足了文联的面子。遗憾的是，这段经历我后来没有留下一纸文字一页记录。我坐在工地树荫之下独自观察和思考。写新闻报道和写文学作品一样，也是要观察和思考的，用今天的话说就是接地气。我懒得去跟那些要镜头的人打招呼，我有些鄙视他们，十多年前我就已经看不惯这种作秀或者作派。老跛却忙得团团转，他一手提着水壶，一手拿着香烟，不停地给要镜头的人端水递烟。老跛宽阔的政治胸襟和高尚的道德品质，值得我学习。

热闹的场面像一阵风一样过去，工地上最后只剩下龙骨村的群众。命运注定他们一辈子不能作秀，他们手里的钢钎铁锤是实实在在的工具而不是道具。全长 11.6 公里的村级公路，需要他们从山崖上一锹一锹地凿出来，一锤一锤地砸出来。他们每天天不亮就自带干粮来到工地，干到天黑才各自回各自的家。他们一天唯一的休息时间，是放炮时到岩洞里躲避的那一阵子。硝烟尚未散去，他们又冒出来了。他们就像阵地上的勇士，刚刚遭受敌人一阵猛烈的炮击，弹片还在飞舞，就从掩体里冲出来了。老黄不是爱拍电影吗？这样的镜头恐怕他连想都想不出来。修路很苦很累，但没有一个群众有一句怨言。有人手脚被划破了被砸伤了，就撒一泡热尿消消毒，再用烟丝把伤口堵上。农民兄弟的生命力就是这样强大。他们不但没有怨言而且志存高远，他们纷纷向我表示，公路全线贯通后，各个自然屯还要继续修路，一直把路延伸到他们的家门口。十多年了，龙骨人民的硬骨头精神始终感动着我。青年人一面打飞锤，一面跟我了解摩托车的品牌。有几个穿牛仔裤的青年对摩托车不屑一顾，他们说买车就买轿车，骑摩托车是“肉包铁”，开轿车是“铁包肉”。我听不懂这些俗语，但我明白话语里包含着安全的成分。我以自身遭遇过车祸的经历，以血的教训，提醒龙骨村的热血青年，买轿车千万不要买日本人的车，要买就买德国人的车。因为德国车的零部件耐磨抗摔，就像农民的手脚等器官一样结实经打，而且维修性价比低。

我承认我当年是一个头脑简单的人，当然现在我的头脑也很简单。别人是四肢发达头脑简单，我是头脑简单还跛了脚。当初我给我的姐夫写求援书的时候，应该把公路的里程告诉他（当然当时还没测量出来），还应把需要的爆破物品数量也讲清楚（当然当时我也不知道修一公里的山区公路需要多少炸药）。我当时只是恳求姐夫支援一点，哪怕只炸响一炮也行。我太客气了，提的要求太低了，考虑的问题太简单了，没有大局意识，没有全局观念，这就导致公路建设项目带有冲动性、盲目性和不可预见性。公路推进到两公里的时候全线停工了，那正是天气最炎热的时候。公路停工不是因为天气炎热而是爆破物品没有了。当我们把两公里的路基路面砌出来后，仓库里只剩下两百枚雷管、大约 30 米导火线和一卷炸药。我们放了最后一炮后，工地上就没有硝烟了。原先我以为姐夫运来那车炸药足以把公路修通，我后来才知道姐夫运来那车炸药只有四吨。山区公路和平原公路的施工截然不同，山区公路需要劈山筑路，需要炸石填方。那时候还没有挖掘机、勾机、钻机这类大机械（就是有也租用不起），全靠钢钎一眼一眼地钻。岩石是石灰岩，石质坚硬，韧性十足。炸开一炮，就那么几块石头，修一公里的路最少耗费炸药两吨。从这个角度去讲，当时县里有关部门强调反复论证也不是没有道理，最起码我得把上述基本情况弄个明白。按照一公里的路需要炸药两吨这个最低标准计算，龙骨村这条 11.6 公里的公路，至少需要炸药 23 吨。姐夫运来那车炸药，我们只能修两公里的路。果然我们修出两公里路后就不得不停工了。后面 9 公里的里程，最少还需要炸药 18 吨。按一吨七千元（时价）计算，需要人民币十三万元，还不包括运费在内。这么一算我的头就大了，十三万元对于市直机关某些部门来说不算什么，但对我们文联来说那是七年办公经费的总和。如果把这笔钱分摊到龙骨村群众的身上，每个人就是二十块钱。二十块钱在今天不是一个数目，但在当时对群众来说就是一个比较大的数目。当时龙骨村群众年人均纯收入只有三百七十二元，不是现在统计部门编制的那些连童话作家都想象不出来的数据。当时龙骨村的情形是不通路、不通电，一年有四个月严重缺水。向群众摊派绝对不行，要是能行老黄和老章早就摊派了，早就把路修出来了。再向单位求援也不可能，陈真味主席已经把办公经费的一半送来了。考虑来考虑去，我决定再给姐夫写一封求援书。我首先代表龙骨村六千多人民群众对姐夫的无私援助表示衷心的感谢，然后我向姐夫报告我们已经修出两公里的公路，目前爆破物品已经告罄，特派爆破员阿夕带一万元去购买炸药，热忱地希望姐夫按优惠价卖给一万块钱爆破物品。如果情况允许，请求姐夫再支援一车炸药，龙骨人民永远像感激白求恩、陈纳德一样感激你——我敬爱的姐夫。

阿夕要动身去买炸药的头天晚上，老跛家里来了几个人，除了村干部鸟叔和鸟哥外，还来了一位叫陈水贵的“活愚公”。这是公路停工后我们召开的一次村委扩大会议。一万块钱虽然是陈真味主席留下的办公费，但既然给了村里那就是村里的钱了，动用这笔钱得在村委班子会上通过。那晚老跛的独仔阿夕捕得两只果子狸，果子狸听到炮声以后就出来活动，结果让阿夕逮住了。阿夕把果子狸装到一只铁笼里，准备明天去买炸药时作为礼物送给我姐夫。铁笼里的果子狸不停地发出哀鸣，如果不是为了炸药我绝对叫阿夕把它们放了。我说出购买炸药的想法后，老跛就用一只残缺不全的算盘计算一万块钱能买多少炸药，“活愚公”陈水贵掰着手指先算出来了，他说就是能买到两吨，再加上姐夫同志支援一车，也就是六吨炸药，六吨炸药我们也只能修三公里的路。“活愚公”陈水贵建议，我们不如用这一万元买十几吨硝铵（硝铵时价五百元一吨），再买一些柴油，然后发动群众筹集木屑，我们自己加工炸药，再买些雷管和导火线，这样就可以解决公路所需的爆破物品了。“活愚公”陈水贵说当年我们造梯田，上级哪有爆破物品给我们，都是自己加工的，连导火线也都是自己加工的，县里为此还表彰了我们，把我们的经验向全县推广。什么叫车到山前必有路？这就是车到山前必有路啊！我激动得连忙给“活愚公”陈水贵敬一支烟，自己也点燃一支，刚吸一口就咳得流出眼泪，却是欣喜的泪。

阿夕不去找我姐夫了，他带一帮青年到清水街去买硝铵。硝铵乡供销社有库存，柴油也有，都不用到县里去买，这就省了运输费用。原先我担心木屑奇缺，没想到一发动群众就一担担地挑来了。三位“活愚公”在村里的一片空地上搭起棚子，埋了三只平常酿酒的大铁锅，开始加工炸药。三位“活愚公”把硝铵和木屑倒进铁锅里，再拌上柴油，操起锅铲均匀地翻炒。这时候另一个问题又从我的脑子里冒出来，这个问题就是安全问题。我知道这样加工炸药，如果技术掌握不好就会爆炸的。我听过一些地方私下加工炸药引起爆炸的案例。三位“活愚公”娴熟地操着锅铲，一面翻炒原料一面安慰我，说有危险也有危险，说没有危险也没什么危险，关键是火候要掌握好，火候掌握好了，就什么危险都没有了。陈水贵说当然啦，人世间危险无处不在，就是跟老婆睡觉也是充满了危险，你突然一个梗塞就死在肉上。听陈水贵这么一说，我又提心吊胆起来，那些日子我战战兢兢，如履薄冰。第一批炸药加工出来后，老跛迫不及待地拿到工地放它一炮。我们集中到对面的山腰去观看实验，我当时的心情就像多年后我看神舟飞船发射时一样。老跛点燃炮眼的导火线后，一瘸一瘸地从容离开。我们在很远的地方清晰地看到导火线冒出的青烟，我们等了蛮久没有听到爆炸，以为实验失败了。大伙捂住耳朵的手刚一松开，轰地一声响了，瞬间山摇地动，硝烟弥漫。“活愚公”陈水贵扯着我说，你闻一闻味道，是不是跟你姐夫的炸药一个味道？炸响我们自己加工的炸药的那天晚上，按捺不住兴奋的我连夜写了一篇文字《自制炸药修公路》。文中我以生动的笔墨，入木三分地刻画龙骨人民的聪慧果敢和自强不息。我甚至还炫耀他们自己加工的炸药，比国家制造的炸药更具威力。如果说先前我写的《不等不靠自力更生修公路》没有什么想法的话，那么这篇《自制炸药修公路》我是有一些想法了，我除了真实反映龙骨人民勤劳勇敢以外，还想唤起人们对龙骨人民的同情，从而获得有关部门的支持，因为群众自己加工爆破物品毕竟不是一件稳妥的事情。这不是十多年后的今天我才有这种意识，而是当时我就有这种意识了。

村里来了十几个穿制服的公安干警，开始我以为公安干警也是来要镜头的，就没理睬他们。当我看到他们的手枪凛然地挎在肩上的时候，一下子就感觉不对劲了，这些公安不是来要镜头的，他们是来抓人的。那个年代的公安平常佩戴手枪，都是掩蔽在腰带上，最多露出一截枪管，不很张扬地提示你我有家伙。当他们像挎包一样挎起枪来，那就说明他们是在执行任务，而一旦把枪握在手里，那是表明准备战斗了。我立即分析情况，我认为一定是村里哪个青年在外面干了抢劫杀人的勾当，让广东公安追到村里来了。我听老跛讲过这样一件事：村里一个青年仔携女友去东莞打工，女友见钱眼开跟了工厂老板，气红了眼的青年仔一刀杀了女友，头晚他刚逃回村里，次日广东公安就追上门来了。公安干警一上到工地，就叫所有的人停止干活，全部来到村小学操场集中，说是要了解情况。操场上陆陆续续挤满了群众，十几个公安在四周警戒。一个看似领队的公安跳到乒乓球桌上，开口就问：哪个是负责制造炸药的，请自觉站出来！我一听就什么都明白了，原来是我把公安引来了，我写的那篇《自制炸药修公路》的报道把公安引来了。同时我也是在那一瞬间反应过来，自制炸药是犯法的。我这个跛脚记者摊上大事了，我的报道《自制炸药修公路》惹出麻烦了。我的报道不但没有唤起人们对龙骨人民的同情，反而把公安引来了。公安来了是要抓人的，抓了人了炸药还能加工吗？炸药不能加工了，公路还能修吗？完了，完了，一切都完了。十多年后的今天，我一直都为那篇《自制炸药修公路》的狗屁报道后悔不迭。我当时也真是的，我什么报道不能写呀？我为什么偏偏要写那样一篇狗屁报道呢？中国很多事情往往只能做不能讲更不能写，有些事情可以讲可以写但不能做。这都是最简单的常识，我怎么就不开窍呢？十多年了我一直后悔，当时如果我不写那篇狗屁报道，就不会发生后面一系列的事情了。

我从人群中站出来，支着拐杖对乒乓球桌上的公安干警说，我是市委派来的工作队员，炸药是我组织加工制造的，资金是我单位提供的……还没说完，老跛已抢到我前面，他说公安同志，这事跟文同志无关，这事是我具体组织的，我是龙骨村的主任。两位公安刚掏出手铐，三位“活愚公”从工棚里冲出来。陈水贵手里操着一把锅铲，他说放了他们，炸药是我们三个老家伙炒的，我带你们去看现场。公安干警一进工棚，就把铁锅里半成品的炸药铲起来，装到化肥袋里去。老跛冲上前去，一把抢过化肥袋。他说你们可以抓我去坐牢，但炸药你们不能拿走，我们还要修路。“活愚公”陈水贵说公安同志，请你们放心，我们搞炸药不是炸人，是炸石头的，如果你们不相信就守在这里监督我们嘛。领队的公安说你们真是法盲，私制炸药是犯法的。陈水贵说我过去就是制造炸药的，还当过劳动模范。领队的公安说，过去是过去，现在是现在，过去自制炸药你是模范，战争年代你自制炸药可能还是战斗英雄，现在你自制炸药就是犯罪嫌疑人。老跛还抓着那只装了半成品炸药的化肥袋不放，他说你们不给我们炸药修公路，我们自己加工炸药修公路你们又不让，你们到底想干什么？领队的公安先是一惊，然后咔嚓一声就给老跛扣上手铐。一名公安干警准备给我上铐时征询旁边的同事，残疾人是不是不用铐？我说我不是残疾人，你给我铐上吧。公安干警抬着三只装了“证据”的化肥袋，把我和老跛带出村子。在被公安干警带走的路上，我突然想起那座天桥。我想如果天桥还在那该多好啊！我和老跛就把公安干警引到天桥去。我想公安干警通过那样一座险象环生的天桥后，绝对会对我们自制炸药的行为表示理解和同情，说不定到天桥那里就放我们回来了。可是，天桥已被我督办拆除。十多年了我一直为拆除天桥而自责。

从拘留所出来的第一个感觉就是这个世界变化太快了，我刚进拘留所时人们腰带上还别着 BP 机，从拘留所出来后我发现很多人手上都拿了大哥大。实际上我和老跛在拘留所待的时间不长，我们只待十五天就被释放了。我知道这已是最轻的处理了，要是严肃追究起来，就是不判刑起码也要劳教。要是放到今天，我和老跛至少得蹲五年以上的牢房。在这里我要说一声：感谢政府！我的一个在县里搞建筑的友仔到拘留所迎接我和老跛，他在我面前很神气地用大哥大打了一通电话，把我和老跛带到“小角楼酒店”。我说不就是吃一餐饭嘛，有必要这样大呼小叫吗？友仔说等下你就知道了。才坐下不久就有三个女孩进来，包厢里散发着刺鼻与诱人的香水气味。友仔指着其中一个高挑的女孩说，除了这位以外，其他两个任由你们挑选。我对友仔说，今天我和老跛只想吃肉，我们已半个月没闻到肉味了。友仔说我知道，刚从里面出来的人都是这样的愿望，生肉熟肉都想吃个够。我说老跛你先选吧，尊老爱幼是中华民族的传统美德。老跛说你先选，你是市委派来的同志，关键时刻是要讲级别的。三个女孩分别挨着我们坐了，我说有这样吃饭的吗？友仔说现在都流行这样吃了。我是落伍了，我的拐杖无法助推我赶上时代的步伐。后来我才知道这是“三陪”之一——陪吃。十多年前的那个年代有那么一段时间，在酒楼里吃饭都是这样吃的，一个客人由一个女孩侍候。如果你请的是一桌饭，最后就会变成两桌饭。看到这种场面我就想起我的上司陈真味主席来，我是一个有好事就会想起领导的人。我不知道陈真味主席享受过“三陪”没有，我只知道在文联这样一个单位，陈真味主席不但犯经济问题难，犯作风问题也难。在这样一种单位，我们只能老老实实地做一个好人，我们连想犯错误的机会都没有。才吃了几口菜，友仔迫不及待地带他的“女友”进到包厢里的另一间房去。友仔说我先示范，言传身教，待会儿你们按部就班，照葫芦画瓢。我觑了老跛一眼，老跛正从容不迫地啃一只“女友”夹给他的鸡腿。我心里踏实了，说明老跛已欣然接受我的报答。我出拘留所打友仔的寻呼机，要他安排这一餐饭，目的就是要报答老跛。没想到友仔还安排了“三陪”，我心里就更踏实了。十多年了，我一直认为从任何一个角度去讲，老跛都是因为我才进拘留所的。进到拘留所后老跛时时刻刻保护我，有一个家伙企图打我的“飞机”，老跛就说他是手枪，飞鸟都打不到，要打就打我的高射炮。老跛当即褪下裤子，展现一根超乎寻常的阳具，立刻震住所有的监犯。我承认我驻村以后，我和老跛结下了深厚的情谊。我们本来就是难友，后来是狱友，最后变成战友、真正的战友。为什么这样说呢？因为那个年代流行这样一句话，真正的战友就是一起扛过枪，一起嫖过娼。我和老跛没有一起扛过枪，但我们一起嫖过娼。虽然那天我和老跛都没进到那一间房去，但是我们去了“小角楼酒店”，就等于或者相当于去那里嫖娼了，你一千张嘴都解释不清楚的。

友仔用他的陆地巡洋舰把我和老跛送到清水街，然后我和老跛一瘸一瘸地走回龙骨村。在天桥遗址边上，我呆坐许久，直到老跛拉起我，我才跟他沿着山崖边的小路继续进村去。回到村里，人们早已等候在老跛家里，似乎他们已料到我们那天会回来。那晚在老跛家里，我们召开了一个专题会议，会议的议题是：还炒不炒炸药？“活愚公”陈水贵首先向我和老跛表示慰问，说你们受苦了，然后表示歉意，说本来是他们三个老家伙去坐牢的，没想到公安同志嫌他们老了。陈水贵说没想到坐牢和提拔一样，都有年龄规定，年纪大了提拔不上去，年纪大了只要不是巨贪和命案，这牢狱之灾都可以免了。陈水贵脸上流露出遗憾的表情，他说他快八十了，这辈子只有两处地方没造访，一处是人间地狱，一处是阴间天堂，阴间天堂很快就要奔赴了，唯独人间地狱没有机会造访和考察，实在是人生的一大憾事，陈水贵说下次再有这样的机会，希望我和老跛禅让一下。话题转到会议议题上，陈水贵建议，我们继续炒炸药吧，反正公安不可能天天来监督我们，就是来监督我们，也有办法应对，我们每天派人到山坳上去放哨，发现可疑的人进村来就报信，过去电影里的人都是这样干。乌叔接话说，乜鸡屯有个鸳鸯洞……乌叔忽然打住，瞄了老跛一眼，老跛就是在那个鸳鸯洞与寡妇幽会时中了她的两个儿子的埋伏。见到老跛没什么不良反应，乌叔继续说下去，他说那个鸳鸯洞既宽敞又干燥，而且隐蔽，在里面炒炸药绝对安全。鸟叔说过去八路军游击队就是在这样隐蔽的山洞里造枪造炮，最后夺取全国胜利。鸟哥却表示了他的担忧，他说最隐蔽的地方不是密洞，而是人的嘴。他说全村六千多张嘴，谁能保证每一张嘴都像死鸡嘴巴紧闭，密不透风。鸟哥一说完，陈水贵就质问他，这个也怕那个也怕，路还修不修？没有炸药，我们拿什么来修！说心里话，我当时的态度倾向于继续炒炸药这个观点，而且我愿意像过去的儿童团员一样每天到山坳上去放哨。鸡叫第三遍了，会议还没讨论出结果，据说这是龙骨村有史以来开得最长的一次会议，就像现在我们的很多会议一样。大伙哈欠连天时老跛终于说话，他说炸药不炒了，起码不能马上就炒。老跛最后补充一句，小偷上门也不能接连上。后来事实证明老跛的决策是正确的。老跛是有卓识远见和丰富的斗争经验的。我后来知道自从报纸登出我的那篇报道，县里对龙骨群众自己加工生产炸药的行为高度重视，明确要求把这种行为处理在萌芽状态。我和老跛被关进拘留所期间及释放以后，有关人员会同公安干警先后几次突袭龙骨村，他们都是半夜来的，看看村里是否继续加工炸药。有关部门还指示县乡供销社，禁止销售硝铵给龙骨村群众。用今天国际通用的话说，就是制裁了，就像制裁嚷着要搞核武器的朝鲜一样。鸟叔没有目标或者对象地问了一句，公路暂时不修了，那返乡的打工青年是不是让他们回去？想到修路半途而废，我心里有些不甘。我支着拐杖站起来说，我有个建议大家是不是考虑一下。我说这些话可能不好听，但我还是要说一说，以往大伙外出打工，都是为自己为家庭打工，我们这次能不能集体组织出去，集体为村里为公路打一次工，赚得的钱一分为二,一部分归个人，一部分给公路买爆破物品。我知道这是一个敏感的话题，实际上也是一种变相的摊派行为。没想到我的建议得到了大家的支持，老跛的独仔阿夕第一个表示赞同，阿夕费了很大的工夫才说清楚他的一个兄弟在省城城郊有一个林场，前几天正联系他找人去砍树，一人一天可以拿到一百元。阿夕虽然口头表达有些困难，却长得结实强壮，要不是左眉骨上有一处明显的刀痕，简直就是一个帅哥了。当然也有女孩倾心于那种刀痕，那是担当和奋不顾身的象征。阿夕比我小十岁，他原先在东莞给一个老板当保镖，老跛让那寡妇的两个儿子打伤了腿之后他就从东莞回来了。会议最后大家达成共识，全村青年集体到林场砍树，先派阿夕到林场打前站，众人随后进场。

我是阿夕出门的那天临时决定跟他到省城去的，那天我突然感觉右腿离开拐杖之后无法站稳，我决定到省医科大附属医院让我的同学看看，是不是小腿上的钢片移位了。我车祸后第二次手术是省医科大附属医院的同学做的，这位同学是我的高中同学，当时既是医科大的教授，又是附属医院的主任医师。就这样我跟阿夕同路去了省城。阿夕提着那只铁笼，铁笼里的两只果子狸还活着，尽管它们不吃不喝绝食抗议快一个月了。在山坳口，阿夕打开铁笼，放了那两只果子狸。那天公安干警把我和老跛带到拘留所的时候，我就觉得我和老跛就是铁笼里的果子狸。我后来知道这两只果子狸是阿夕专门为我捉的，他以为干部都爱吃野味，但他不知道我不是干部，也不爱吃果子狸的肉。阿夕以前也为老黄和老章捉过果子狸，由于数据不是很准确而且涉及国家保护动物甚至触犯了刑律，所以我在前面就没有把果子狸也统计到老黄和老章在龙骨村所吃过的肉类之内。我和阿夕在省城汽车总站分手，然后阿夕去城郊林场，我去医科大附属医院。哪想到我和阿夕这么一别，竟是生死永诀。

那天我刚躺到手术台上，准备接受同学的治疗，我的小腿旧伤复发了。我的寻呼机突然鸣叫起来，已戴上口罩和手套的同学极不情愿地拿来我的寻呼机，我说还麻烦拿你的大哥大来。电话里我听出是鸟哥的声音，他语无伦次地告诉我，阿夕出车祸了，他们现在城郊的滨江医院。我从手术台上跳下来，单腿跳跃去穿裤子。我对同学说我驻村的一个农民兄弟在省城出车祸了，我得马上过去看看。同学亲自开车送我到城郊那个滨江医院。在那里我见到了鸟哥和两个村民。一个和阿夕年龄相仿的小个子青年介绍车祸经过：前天傍晚小个子青年和阿夕坐摩托车从林场回城郊的租屋，摩托车由阿夕开着，小个子青年坐在后面。阿夕在避让一辆逆行的自行车时，摩托车撞到邕江大桥护栏上，小个子青年当场被摔得头破血流，阿夕却毫发无损。小个子青年说阿夕继续开摩托车送他到滨江医院后突然倒地不起，医院经过一番抢救后，宣布阿夕不治身亡。小个子青年分析说，阿夕受的应该是内伤。我问阿夕他人现在在哪里？小个子青年说医院不给我们看，说要交三万元医疗费后才能拿尸体去火化。鸟哥说昨天我们筹了一天只筹得一万元，刚才我去交了，他们不要，说交够三万元才给人。我说走，我们去找院长理论。才走几步，几个穿制服的保安提着警棍气势汹汹地奔过来。同学在身后喝住我，回来！一把将我扯上车子，又招呼鸟哥他们也上了车。在车上，同学说你们人生地不熟，硬拼不是办法。同学劝鸟哥他们先返乡，后事由他想办法帮助解决。

两天后在同学的家里，他问我阿夕身上有什么明显特征。我告诉他阿夕的身高体型，说阿夕左眉骨上有一处明显的刀痕。晚上同学回来，告诉我一件至今都让我感到震惊的事情：滨江医院把阿夕的尸体卖给医科大做人体标本了。同学说可能还卖了肝脏肾脏等器官，但我没有证据，我只发现了他的尸体，缝了针线的尸体。同学见我的眼睛鼓得像两只弹珠之后就说，病人的遗体如果其家属不来处理，医院自然有他们的处理办法。我说家属不是来处理了吗？我们不是送医药费来了吗？同学说可是你们没有交够钱。我说交不够钱就可以随便卖尸体吗？屠宰场处理瘟猪都还向农户通报呢，你们医院怎么连个屠宰场都不如？同学说我又不是那家医院的，你跟我发脾气有什么用。我说不管怎么样，这个阿夕我是一定要带回去的，我就是去抢也要把他抢出来。同学说你抢？你连影子都见不到。同学劝我尽早把手术做了。

我说这个阿夕弄不出来，我这条腿就不治了。我哀求同学道，我应该怎么办？同学说这个问题应该问你自己，这是你要思考的问题。同学脱下身上白大褂，抖抖两下挂到墙上，提示道，你不是干记者的吗？我垂头丧气道，我现在不干了，我调到文联来了。同学又提示道，你不干记者了，可你的记者朋友呢？我一听，茅塞顿开。当天晚上，我的一位在省城《南城晚报》当记者的朋友，穿上同学的白大褂，顺利进入医科大解剖室。次日，《南城晚报》二版头条登出一篇报道——《医费付不起，尸体被卖掉》。过后我想，当时我的同学做出那样的举措需要多大的胆量啊！他把自己的前途命运都押在一具与自己毫无关系的农民群众的尸体上了。要知道一旦事情泄露，他在医科大附院可就待不下去了。当然我这位同学现在已经当上医科大附院的院长，不用担心或者考虑被别人处理，他现在要考虑的是如何处理别人。

我没想到阿夕背我出村去，最后我背他回村来。那天我和阿夕在山坳口放走那两只果子狸后，我的右脚再也迈不开了，阿夕一蹲就把我背到他厚实的背上，一路把我背到乡府所在地清水街。阿夕背我时我是一个活人，我背阿夕时他是一袋粉末。那篇《医费付不起，尸体被卖掉》的报道登出来后第七天，滨江医院一名代表通过《南城晚报》的记者朋友找到我，愿意跟我谈判妥善解决这件事。那时我已临时从附属医院转移到一家名叫南园的私人宾馆，目的是避免医科大附院的同学受到牵连。我明白滨江医院跟我谈判是因为那篇报道里的一句话：死者家属表示，如果死者遗体得不到妥善处理，他们将诉诸法律，与院方对簿公堂。显然院方不想打官司，他们想私下协商解决。在南园宾馆，我作为阿夕家属代表跟滨江医院代表进行了谈判。《南城晚报》的记者朋友作为中间人，参与整个谈判和阿夕后事处理的全过程。十多年过去了，我一直感念《南城晚报》这位叫莫晓成的记者朋友，他正直善良，敢作敢为。十多年了，我们一直保持密切的联系和友好往来。谈判结果，滨江医院负责阿夕遗体火化，并赔付转卖阿夕遗体的全部所得。拿到阿夕骨灰后，我迫不及待地坐上返回龙骨的班车。

我背着一只装有阿夕骨灰的布袋，一瘸一瘸地走在羊肠小道上。我一路走一路跟阿夕说话，一路向他检讨。我说阿夕，是我害死了你，你才二十二岁，你还没谈恋爱，你还没尝过女人的滋味，你白白地做了二十二年男人，这辈子我欠你一条命，欠你老爸一笔我这辈子无法偿还的债。我说阿夕，如果我不来龙骨我就不知道天桥，不知道天桥我就不会写那篇《一座天桥连接山外的世界》，不写那篇《一座天桥连接山外的世界》，上面就不会下令拆除天桥，天桥不拆除我就不会写信向我姐夫求援，我姐夫不支援炸药我们就不会修路，不修路我们就不会自制炸药，不自制炸药我就不会写那篇狗屁的《自制炸药修公路》，不写那篇狗屁的《自制炸药修公路》公安同志就不会来没收我们的炸药，公安同志不没收炸药我们就可以继续修路，继续修路你就不用到林场去联系砍树，不到林场去联系砍树你就不会出车祸，不出车祸你就像我一样活着，顶多像我一样跛了一条腿。我说阿夕，你骂我吧，你咒我吧，你把我的魂魄也收去吧，我与其这样愧疚地活着，不如痛快地死去。天黑时我倒在老跛家的门前，我用最后一丝力气对老跛说，我把阿夕背回来了。

老跛连续三天三夜守在我的床前，见我终于清醒过来，老跛惊喜万分。老跛说文同志，你总算醒过来了，要是你还昏迷不醒，要是你有什么三长两短，我该怎么跟陈主席交代？该怎么跟市委交代？我的眼泪扑簌簌地滚落下来，我语不成声道，老跛啊！这不是你要说的话，而是我要说的话，现在阿夕没有了，我该怎么跟你交代呢？我的眼泪一直流个不停，老跛用毛巾为我擦了一遍又一遍。老跛说文同志，我晓得你对阿夕好对阿夕亲，但人死了不能复活，你不要过于伤心。老跛说毛主席讲过了，要奋斗就会有牺牲，毛主席一家为革命牺牲了六位亲人，他的宝贝儿子毛岸英牺牲在朝鲜战场了，开国大将徐海东家族牺牲了七十多人，贺龙元帅的贺氏宗亲中有名有姓的烈士就有两千零五十个，相当于我们龙骨村一个片的人数啊！老跛说文同志，我晓得如果没有你阿夕是弄不回来的，你肯定费了很多周折花了很多钱，我没有钱还给你，但我会永远铭记你的大恩大德。我从裤袋里掏出一本存折递给老跛，这是医院赔给你的，上面有五万块钱（滨江医院扣除阿夕抢救费后的余额）。老跛愣住了，他说阿夕不是欠医院的医疗费吗？怎么还会给我们钱？给这么多钱？我把滨江医院卖阿夕尸体给医科大做标本的事以及整个事件处理的经过一一地向老跛作了通报。我说老跛，医院欠你的偿还给你了，我欠你的我一辈子也还不了。我从床上滑到床下来，扑通一声给老跛跪下，老跛一把扶住我，文同志你怎么能这样呢？怎么能这样呢？难道你要我也给你跪下吗？我也想给你跪下，就怕我这把年纪给你跪下会折你的寿，就怕你受不起！

我决定回单位疗养一段时间，我无法每天一开门就看见阿夕的那座坟茔，看见一个活泼的生命戛然而止。我不忍心看见那条逐渐延伸到山坳口的公路，忽然停滞不前。再说我又没有老黄和老章的艺术专长，我不会编剧不会画画，我除了会写“豆腐块”，别的什么也干不了，因而我待在村里暂时没有什么事情可做。老跛把我送出村去，老跛安慰我，你放心疗养吧，把腿伤彻底治好，不要像我一样留下后遗症，你想什么时候回来就什么时候回来，龙骨村民随时欢迎你回来。如果你不想回来了就捎句话来，我把你的行李给你挑回去，你的考勤我保证给你填满勤，我给你写最好的鉴定，我是不像你会写，我请村小学谭老师给你写，谭老师也在报纸上登过几篇文章，当然无法跟你相比。老跛继续说，抓紧时间谈谈恋爱，你都三十好几了，也该有个女人照料你。说到恋爱，我又想起阿夕，阿夕还没恋爱就没了，禁不住眼泪又流了下来。老跛见我伤心不已，以为触到我的旧痛就连忙安慰道，不谈就不谈吧，一个男人没有女人还不照样活着，那天你友仔安排的女孩那么水灵，我见你瞅都没瞅一眼，本来我是想进到那个房间去的，见到你坚定的立场就打消了念头，其实人生有些事情咬咬牙就过去了。老跛开导我说，人世间各人有各人理想的乐园，各人有各人乐于安享的世界，各人有各人追求的方向，不必抱怨命运，也无须艳羡别人。我很想问问老跛，你理想的乐园，你乐于安享的世界和你追求的方向是什么。老跛没给我提问的机会，他再次提起了阿夕。老跛说我曾经为阿夕物色一个女孩，你看他怎么个态度？他说他不想恋爱，因为恋爱了就要结婚，结婚了就要生小孩，生了小孩后鸡腿他就只能吃一个了。我不禁笑出声来，我已经半年时间没有笑了。老跛又说起他的爱情故事，老跛说有一年他委托邻家二伯娘目测了一个寡妇，那晚他杀了一只鸡请二伯娘来吃饭，商量第二天去提亲。那个寡妇有四个小孩，小孩总数比原先那个寡妇的翻一番，加上他和阿夕，如果组建家庭，他们这个家就有七口人，老跛砍了那只鸡，分到七个小碗去，老跛发现他和阿夕每人碗里只分得三块鸡肉。结果老跛推开后门，对邻家二伯娘喊了一声：二伯娘！原定计划推迟，项目重新论证。我再次笑出声来。老跛说这个项目直到现在我也没论证下来，就像我们的公路一样还需要反复论证。老跛说我认为一个家庭也好，一个民族也好，一个国家也好，自己的问题没有解决稳妥之前，不要谈统一的问题。老跛还没说完，我已笑出泪来了——老跛是一个很有趣味很有思想的人。

老跛送我过了一个峒场又一个峒场，最后老跛一直把我送到清水街。我至今都想不清楚老跛那天为什么送我送那么远，送了一程又一程，难道老跛认为我到市里就不再回来了吗？我为此曾经问过老黄和老章，我说你们每次出村老跛是不是都送你们到清水街？老章有些嫉妒道，我们哪里有你那样的福气，当然每次老跛也送我们到山坳口。分手时，老跛对我说文同志，你为村里开辟的这条路，我们一定坚定不移地走下去。我盯了老跛一眼，我说这个时候你还有心情开玩笑，把我当作伟人来调侃，再说你这个调侃也太不靠谱，我们的路才修了两公里。老跛说那就继续修下去嘛，不管遇到多大的困难。我当时认为老跛是在安慰我，让我放心疗养。要知道炸药都没有了，他们还修什么路？这条路恐怕是要慢慢地等下去了，就像陈真味主席说的那样，要等待机会来了等到条件成熟了的那一天，等到县里有关部门把公路项目反复地论证好了才能复工。我没想到老跛送我出村的那天就下了决心继续把路修下去，我没想到老跛竟然把阿夕那五万块钱拿去购买炸药，我更没想到我从市里再回来的时候竟是给老跛送别。十多年后老章给我相面时对我戏谑道，文丕你有将军相，有人愿意跟你冲锋陷阵流血牺牲，如果在战乱年代你绝对是个草莽英雄，可惜你生不逢时。老章在画像的时候学会了相面，他给老黄和陈真味主席都相过面，不知道他给他自己相过面没有！

重新回到龙骨村的那天，我老远就从山坳口上听到轰隆隆的炮声，然后我看到工地上密密麻麻的群众，我又看到了三位“活愚公”，他们在钻炮眼凿岩石砌路基。我另外还看见了三个人，就是“小角楼酒店”里的那三个女孩。哎哟！我的姐啊！这个世界真是太小了。三个女孩穿的是粗衣粗裤，还戴着手套，她们竟然回乡参加公路建设了。真是国家兴亡匹夫有责啊！老跛见了我，麂皮似的脸上露出一缕不自然的笑。我当即问他，你们炒炸药了？老跛说哪敢，再说也买不到硝铵。我问那炸药从哪里来？老跛搓着手，吞吞吐吐的，县、县里拨来了一点。我说废话，你们炒就炒了，你担心我写报道啊！我不会写报道了的。我发誓不再写报道了，尤其是不再写类似那篇《自制炸药修公路》的狗屁报道了。

晚上在老跛家里，鸟叔告诉我实情，老跛用阿夕那五万块钱去买了爆破物品，买了五吨炸药一批雷管和导火线。鸟叔说，是老跛自己一个人去买爆破物品，我们去乡里搬运时老跛还说是县里拨下来的，我问了你姐夫的押运员，才晓得是老跛掏钱买的。老跛警告鸟叔，你少讲两句行不行，你又不是在念经。鸟叔说我就是要讲，我就是要告诉文同志。我听了就有些不舒服，不是一般的不舒服，而是很不舒服。至于为什么不舒服我说不清楚，总之我不认为这是老跛的革命行为，我认为这是老跛对阿夕生命的不珍惜，但我说出来时变成了老跛对我维权结果的不珍惜。我说老跛你脑子进水了是不是？你老糊涂了是不是？你以为我讨回这笔钱很容易是不是？我说谈判那天要是没有那个记者朋友，恐怕我也跟阿夕一样从人间蒸发了。我想起那天谈判的情形，那天本来说好我跟滨江医院的代表单独谈，没想到谈判还没开始，宾馆会议室突然来了几个戴墨镜的人。记者朋友当即拿出大哥大，迅速拨通一个号码，不到十分钟就来了十几个同行，那几个戴墨镜的人才悻悻地离去。我说老跛你不要以为这五万块钱不珍贵，这是阿夕的一条命。事实上我要表达的也不仅仅是这个层面的意思，我想提醒老跛仔细地打量一下他的那个家。他每天天不亮就出门，天黑才进家，也许就不曾仔细打量过自己的家。我倒是经常替他打量，他那个家是用油毛毡、炸药箱纸和竹条围成的，家里最贵重的物品是一只铁壳暖水壶和老婆留下的一台旧缝纫机。老跛沉默良久，小声对我说，是阿夕叫我拿这笔钱去买炸药的，你回市里疗养的那天晚上他托梦给我，还说你同意他这样做了。我沉默了，大伙也都沉默了。我无法考究更无法回应老跛的这句话，这句话可能是真实的，也可能是老跛的错觉或者老跛的思想境界。沉默了一下我说，我们这是在犯错误，我一来村里就做出错误的决策，匆匆忙忙地修这条公路，整条公路需要多少资金我都没搞清楚，我这是盲目的行为，我总以为我们的一切努力和付出以及我们的顽强斗志终会感动上帝，感动上级，结果只感动了我们自己。我说老跛现在你又犯我同样的错误，你把五万块钱投进去，到头来我们最多也只能修六公里的路出来，这路还是断头路，还是望不见尽头的路，所以目前的情况决定我们只能等待，耐心等待。老跛反过来教导我，他说文同志，你的分析很现实，很实事求是，但我们不能一味地等下去，等是没有希望和结果的。路既然已修到这个地步，能推进一米就是一米，能推进一公里就是一公里，我相信最后公路会修到清水街。老跛说所有事情到最后都会好起来，如果还不够好，那说明还没到最后。十多年了，我依然清楚地记得老跛的这句话，或者说这是老跛最让我感佩的一句话，一句很富有哲理的话。

老跛比前段时间还要忙，前段时间是他和阿夕两人一起放炮，现在是他一个人放。前段时间一次放五六眼炮，是他和阿夕两个人一起点火，现在是他一个人点火。我找来鸟叔和鸟哥商量，我说你们两个协助老跛，他一个人点火不安全。老跛拒绝了，他说他们两个没有爆破证，没有爆破证是不能爆破的。我说不是还有阿夕那本证么，你给他们其中一个就是了。老跛说不行，这爆破证不是随便可以给的，要经过你姐夫那里培训才能拿到。多年后我问我姐夫，我姐夫说老跛和阿夕根本就没到他那里培训过，不过我姐夫承认他的确跟老跛讲过那些话，而我姐夫之所以给老跛和阿夕爆破证是因为他们有爆破经验，隔壁龙头村修公路时，老跛和阿夕去指导过爆破作业。老跛不同意鸟叔和鸟哥跟他放炮，是因为鸟叔和鸟哥从未放过炮，没有经验。关于这一点后来我在文字中提炼为“哪里最危险，哪里就有他”。至于有人说老跛放一炮得十块钱，那是搓麻将的人没有良心的胡说八道。老跛把儿子尸骨的钱都贡献出去了，他还计较放炮的钱吗？再说当时谁拨给过龙骨村一分钱。

那天中午，老跛在工地上喊放炮啦！放炮啦！我和鸟叔、鸟哥躲到一扇岩洞里，那天老跛要放四眼炮。前段放炮时我不是躲到岩洞里去，而是坐到对面的山腰去观赏。我喜欢看老跛和阿夕用香烟点燃导火线后从容离开的情形，他们都不奔跑，只是走得稍微快了一些。尤其是老跛，依然是一瘸一瘸的，从容不迫，有点像表演一样，吊人心神。要是我绝对跑得屁滚尿流，当然，我无法跑得起来。我喜欢看那炮眼轰然炸开的景象，我喜欢看石头掀起来后，石块满天飞舞，我喜欢倾听爆炸的声音，喜欢那种地动山摇的感觉。我发现那些炮眼总是先炸开然后才炸响，我不知道这是物理现象——我是一名蹩脚的文科生，除了新闻六要素以外我什么都不懂。然而与前段时间不同，我现在有一种莫名的紧张，我在岩洞里竖着耳朵等待炮响。轰！第一炮，我在心里数着。

轰！第二炮，我在心里数着。轰！第三炮。我等待第四炮。第四炮没响，不久就听到老跛的喊声，哑炮了！大家都不要出来。我的心一下子提到嗓子眼上，这是修路到目前为止唯一发生的一次哑炮。哑炮也叫瞎炮或者盲炮，有很多术语。哑炮了就要排除，排除哑炮是很危险的一件事，就像排雷一样危险。我后来曾专门问我姐夫哑炮发生的原因，我姐夫认为导致哑炮通常有三种可能，一种是导火线突然燃烧中断，一种是雷管失效，还有一种是硝铵炸药遇水失效。姐夫告诉我处理哑炮时不能用镐去刨炮眼取出起爆药卷，不能从起爆药卷中拉出雷管，不能用打眼的方法往外取出起爆药卷等等一大堆这不能那不能，就是没有告诉我处理哑炮的办法，当然告诉我也没有用了。我是一个讨嫌马后炮的人。我在焦急不安的等待中，听到轰的一声巨响，然后我就等待老跛的哨子声。每次放完炮后，老跛就会吹响三声哨子，嘀！嘀！嘀！那只哨子是老跛从村小学谭老师那里借来的，是一枚铜壳哨子，哨肚里有一粒跳丸。那粒跳丸能发出安全的音响。人们一旦听到这三声哨响，就知道尘埃落定了，可以走出岩洞了。我等了蛮久，始终没有听到老跛的哨子声。我突然意识到出事了，我从岩洞里冲出来，大喊一声，老跛！鸟叔和鸟哥也跟着冲出来，老跛！接着漫山遍野喊声一片——老跛——老跛！在事故现场，众人扒开砸在老跛身上的石块，扒出血肉模糊的老跛。老跛！我一下子扑到他的身上。我一声接一声地呼唤老跛，我对着他的耳朵喊——老跛！我对着他的心口喊——老跛！最后，我仰头对着湛蓝湛蓝的天空喊——上苍！你还给我老跛！我喊哑了嗓子喊累了身子，老跛再也没有醒来。我突然发现挂在老跛脖子上的那只铜壳哨子，竟然完好无损。按照村里的风俗，老跛属于意外亡故不能在家里停留，当天村里人就将老跛下葬了。

我在老跛家里为他设立一个灵位，村小学谭老师写了一副工工整整的挽联，贴到灵位的两侧。上联是：老跛辞尘从此音容难再睹；下联是：村民垂泪而今头雁何处寻。我不懂对联不懂韵律，无法对谭老师的这副挽联作出点评。我只觉得按照挽联的含义，灵位上应该有一张老跛的遗照。我把老跛家里的一个柜子摸了一遍又一遍，我翻遍老跛衣物所有的口袋，把老跛平常外出背的那只洗得发白了的布包抖了一遍又一遍，没有找到老跛的一张照片。最后我把希望寄托于搁在老跛床下的一只密码箱上，这只密码箱无疑是老跛某次开会或者获奖的纪念品。我在谭老师、鸟叔和鸟哥的旁证下，撬开那只密码箱，翻遍密码箱的所有夹层，还是找不到老跛的照片，我只找到那本我从省城带回来的存折和一本笔记本。我有些恨老章了，老章啊老章，你给村里人义务画了那么多的画像，我没有话说，可是你吃了老跛那么多的猪肉、羊肉和鸡肉，你在老跛家睡了一年时间，你为什么就不能给老跛画一张像呢？十多年了我对老章还耿耿于怀。我翻开那本存折，里面只有两行记录：存 50,000，支 49,120。无疑存入的就是阿夕的那笔钱，支出的就是购买爆破物品的具体数额。我翻开那本笔记本，扉页上写道：韦鸣炮专用。我直到此时才知道老跛的名字。老跛啊老跛，我不是个称职的工作队员，我直到你去世了才知道你的名字。我用手指蘸着唾液，一页一页地翻着笔记本，我希望老跛有一张照片夹在里面。我首先发现老跛的身份证，我知道老跛的出生年月日是 1949 年 10 月 1 日。原来老跛是跟我们共和国同一天诞生的，如果他活到今天也该六十多岁七十岁了。如果他能活到一百岁，就能见证我们国家实现中华民族伟大复兴的梦想了。然后我发现一张公安局拘留所的释放证，那是我和老跛那天从拘留所出来时公安局出具的通知书，通知龙骨村群众，我和老跛已获自由。我发现老跛的笔记记得很认真，字也写得端端正正。某月某日到乡里参加了某个会议，书记乡长做了什么重要讲话，老跛都记得清清楚楚明明白白。我怀疑我们有些干部的笔记，都没有老跛这样细致认真。我偶然发现笔记本上记录了以下内容：4月13日由乡长秦斌带去县交通局找唐毓彪局长联系修建本村公路项目，送唐毓彪局长玉溪香烟2条，米酒1桶。唐毓彪局长表示支持。6月8日由乡长秦斌带去县扶贫办找兰国宁主任联系修建本村公路项目，送兰国宁主任红塔山香烟2条，国公酒1件（秦乡长说兰国宁主任患有风湿病）。兰国宁主任表示支持。8月18日由副乡长蒙鹿舟带去县发改局找魏景非局长联系修建本村公路项目，送魏景非局长中华香烟2条，五粮液4瓶。魏景非局长表示支持。10月16日由书记黄建武带去县府找分管副县长林瀚球联系修建本村公路项目，带去山羊一只（93斤）、米酒两桶（100斤），当天中午在小角楼酒店（在那里杀羊）请林瀚球副县长等领导吃饭（2桌）。林瀚球副县长表示支持。我要说明一下，我在这里无意揭这些同志的短或者抱有什么不可告人的目的，我要表达的是我从上述这些记录内容，看到了老跛为修筑龙骨村这条公路所付出的心思和心血，看到了龙骨村这条公路艰难曲折的历程。照这样艰难曲折的历程，或者说把这样的历程转换成里程，这条公路的施工应该错综复杂，应该有若干个弯道若干个涵洞若干座桥梁，甚至若干个隧道。然而根据鸟叔和鸟哥的走线，整条公路的施工布局异常简单，全线没有涵洞没有桥梁更没有隧道，只有一个弯道，就是从清水街进入清风坳的那个弯道。我抬起头来再次细致地打量老跛的家，这个用油毛毡、炸药箱纸和竹条围成的家，充分证明老跛是个穷得叮当响的人，再说龙骨村没有什么村办企业，没有集体经济，那么，老跛送礼或者联系项目所花的经费从哪里来？十多年了，我在内心里一直追问这个问题。此外，老跛还记录了另外一些内容，鉴于那些内容涉及他人隐私，在此不便列出。至于老黄和老章吃过的喝过的前面已经交代，在此也不再重复。我在这里要说一声，对不起老跛，我偷看你的笔记了。偷看他人的笔记是缺德的。当然，伪造或者炮制他人的笔记，也是不道德的。后来老跛这本笔记本给市委组织部、市纪委和市委宣传部联合调查组拿走了。据了解，老跛这本笔记本现在保存在省城博物馆。后来我听说有人模仿老跛的笔迹，在那本笔记本的扉页上写了三句话，就是后来登在报纸上的那三句话。我翻遍老跛的笔记本，没有找到他任何一张照片，真的像谭老师写的那样，老跛辞尘从此音容难再睹了。当然，这是谭老师的一种表述、一种追思或一种文脉。十多年过去了，老跛的音容笑貌依然时时浮现在我的脑海中，他在我的无数个梦境里，经常轻声地呼唤我文同志。其实我最希望老跛叫我一声小跛，就像我叫他老跛一样。可是，我永远听不到这样一声小跛了。不过今生今世我依然期待。

老跛走了以后，公路停工了一段时间，因为没有爆破员。我找鸟叔和鸟哥来商量，选派三个青年仔到我姐夫那个公司去培训。三个青年仔领得爆破证后，公路又复工了。我每天从工地回来，先给老跛上香，更换一天的贡品，贡品就是一碗玉米糊，两只山芋。老跛不抽烟，但包里经常放一包烟，那是随时随地敬给客人或领导，修路后香烟成为老跛点炮眼的工具。老跛也不喝酒，先前我以为村干部都是海量，可老跛竟然滴酒不沾。上了香后我给老跛汇报当天工程的进度，诸如今天放了几眼炮，炸了几方石头，公路推进了几米，都一一跟老跛陈述。

为了便于老跛直观地掌握和了解整个工程进度，也便于我的讲解，我找到洪水流经的地方，挖来黏性很强的泥巴垒在一张八仙桌上，做了一个龙骨村公路全线施工沙盘（后来这个沙盘也被收藏到省城博物馆），在鸟叔和鸟哥的指点下，标上线路和各个桩号。我告诉老跛，当公路推进到第六个桩号也就是六公里后，前面的爆破面就相对少了，用的爆破物品也就少了，就是说公路越往前推进，施工就越相对容易，我们的前景也就越来越光明了。向老跛汇报完毕，我就摊开稿纸重新写我的文字。我曾经发誓不再写新闻报道了，我到龙骨村后所写的报道，结果都是惹了麻烦。我写了那篇《一座天桥连接山外的世界》让上级把天桥拆除了，让全村三分之二的群众像干部一样走了弯路。我写了那份内参后，让电视台记者误以为我是搞假报道的，玷污或者损害了人民记者的崇高形象。我写那篇狗屁的《自制炸药修公路》，不但让我和老跛遭受牢狱之灾，还让公安同志收缴了我们自制的炸药，导致公路无法按原计划施工。就是我写的那篇高扬主旋律的《不等不靠自力更生修公路》，结果也只是招来了一杆杆红旗和一顶顶绿帽子，只是招来了一群来要镜头的人。我再这样写下去还有什么意义吗？

但是，关于追记老跛的这篇文字我是一定要写的，单凭老跛拿阿夕那笔钱去购买爆破物资来修路就值得书写一笔。我无意塑造老跛这样一位所谓的扶贫英雄，我也没有这个能耐，英雄不是我一个跛脚记者所能塑造出来的。我只不过想告诉人们，在中国一个名叫龙骨的山村有老跛或者韦鸣炮这样一位好村官，就像告诉人们龙骨村曾经有那么一座天桥一样。至于后来老跛变成了扶贫英雄，是我没有意料到的。我写得很慢很慢，每天写不了几十个字，直到此时我才发觉自己确实就是写“豆腐块”的料，写快写不了，写长的也写不了。直到半个月后，我感觉自己的眼泪快要流干了的时候，终于写出了那篇文字《好村官韦鸣炮》。自然老跛用阿夕那五万块钱买了爆破物资来修路是我浓墨重彩的一笔，也是写作过程中始终让我泪流不止的一段文字（遗憾的是所有的后续报道把这笔钱的来龙去脉隐去了）。第二天，鸟哥拿着稿件到清水街邮政所寄给《南城晚报》我的那位记者朋友。后来我的那篇文字，成为报道扶贫英雄韦鸣炮先进事迹最早的文字，也成为后来所有的关于老跛的报道的母本。后续所有报道中的事迹，都是以我那篇文字中的事迹为依据为线索的。但是，没有人知道作者是谁，或者说没有人知道那个文丕是谁。当然，知不知道我这个文丕无所谓，知道老跛或者韦鸣炮就足够了。直到一个月之后我才看到我的那篇文字《好村官韦鸣炮》，因为《南城晚报》给我寄来样刊的时候我已离开了龙骨村。

我那篇《好村官韦鸣炮》的文字寄出去不久，村里急匆匆进来了几个人，说是有一位重要领导（后来我才知道是市委书记）要到村里来，他们几个是来打前站的。打前站的同志进到家里后，就跟我发生激烈的争吵。争吵的原因是他们要把老跛的灵位撤掉，他们说老跛已经牺牲七七四十九天了，“剃头”仪式也做完了，家里没必要再摆这个灵位。我说不行，撤了灵位我每天晚上怎么跟老跛汇报施工进度。打前站的一个同志听罢，用异样的眼神把我从头到脚扫了一遍。他说你每天要跟韦鸣炮汇报施工进度？我说对，每天都汇报。我说如果你来组织施工这条公路，我每天也向你汇报。那位同志气急败坏地指着我，你！你是哪个单位的？我说你不知道我是谁就回去翻看市委文件，我是市委派来的扶贫工作队员。争吵的结果是保留老跛灵位。但是打前站的同志又要求我离开老跛的家，搬到别的农户家去住，理由是我不属于老跛的亲属，不能平白无故地待在老跛家里。我说我不走，打死我也不走。我说我要在这里给老跛守灵。双方争持不下，乌叔过来拉着我，说文同志，你就离开一天嘛，等领导走了你就搬回来。第二天中午时分，领导一行来到老跛的家。在老跛用油毛毡、炸药箱纸和竹条围成的家里，领导神色凝重。领导捧起家中最贵重的物品——铁壳暖水壶，久久不愿放下。领导又摸了摸那台旧缝纫机，缝纫机头锈迹斑斑。打前站的同志给领导介绍情况：这是老跛睡的床，这顶蚊帐一共有五十四块补丁；这是老跛穿过的胶鞋，上面布满了泥巴，他牺牲的那天穿的就是这双鞋；这是老跛生前制作的公路施工沙盘，公路现在已经建成六公里了。来到老跛的灵位前，领导点燃三炷香插到香炉上，然后深深地三鞠躬。领导直起身子时，已是泪流满面。离开老跛的家时，领导说我要去看看英雄牺牲的地方。众人连忙劝阻，说那个路段太危险。领导愤然道，人家都可以牺牲，我们还怕危险吗？在老跛出事的地点，领导沉思良久，给大伙出了思考题：同志们都认真地想一想，他为什么要这样做？是什么精神支撑他这样做？为什么是他这样一个腿脚不方便的人当了爆破员？难道是他错了吗？难道是我们错了吗？最后领导指出，韦鸣炮同志是一个典型，是我们在扶贫攻坚战中涌现出来的先进典型。这个典型我们一定要很好地树立起来，全体共产党员、广大干部群众都要向韦鸣炮同志学习。

领导走后不久，村里又来了一帮人，据说是市委组织部、市纪委和市委宣传部联合调查组。他们来村里跟群众了解老跛的基本情况，核实他的先进事迹。他们除了拿走老跛的笔记本外,把那本存折也拿走了。三位“活愚公”之一的陈水贵，是调查组重点问话的对象。调查组问他老跛被公安局拘留的缘由时，陈水贵用一种愤愤的谴责性的目光盯着询问他的人，他说公安搞错了，应该拘留的是他这个老家伙。我后来知道老跛在被追授为模范共产党员、优秀党支部书记之前，有人提出他私制炸药曾经被公安局拘留过，公安局为此还专门出了证明材料。接着交通局、发改局、扶贫办、水利局、教育局、供电公司等部门的人就下来了，他们当中有的曾跟随政府办曹主任率领的调查组来过，有的在修路时来要过镜头。但他们似乎已经把我忘记了，不知道我是什么人。我却有机会认出了他们当中的几个，比如老跛笔记本上的唐毓彪局长、魏景非局长和患有风湿病的兰国宁主任。他们满怀激情，豪情万丈，发誓要继承英雄的遗志，完成英雄未竟的事业。十多年了，他们那天在老跛家开会时说的那些话，我都听得一清二楚，记忆犹新。他们决定对公路进行重新设计，把目前的村级路修成柏油路。他们要架设高低压输电线路，修建农户家庭水柜，同时建起两栋村小学教学楼，把龙骨小学改名为鸣炮小学。他们要彻底解决龙骨村群众行路难、用电难、饮水难、上学难的历史遗留问题。那段时间村里天天有人进来，鸟叔和鸟哥一天到晚嚷着忙死了累死了。我说忙好啊累好啊！你们越忙越累龙骨村就越有盼头。我说你们这是赶上好形势好时光了啊！老跛以前想忙都忙不了，想累也累不了。鸟叔说还不是因为你，你不写《好村官韦鸣炮》，上面怎么来人？怎么会兴师动众？我说鸟叔你怎能讲这样的话呢，我提醒他讲话要注意分寸。我说你责怪我可以，但不能责怪老跛。在老跛的家变成龙骨村扶贫系统工程联合指挥部之后，我不得不腾出位置，离开老跛的家，搬到村小学谭老师的宿舍去。

各路施工队伍陆续进村的同时，各路媒体记者也纷至沓来，有报社的、电台的、电视台的。有县里的记者、省市的记者，还来了两位央视“焦点访谈”的记者。“焦点访谈”那几个字是喷在摄像机上的，不然我也不知道。在众多的记者中，我突然发现不是记者的老黄和老章，他们同样被英雄的事迹感染得面红耳赤，热血沸腾。我后来知道老章来画老跛的一本连环画，连环画名叫作《鸣炮》。我一听这个名字就不舒服，因为老跛也就是韦鸣炮同志是遭遇哑炮而牺牲的，但我又感到无奈，因为这是老跛的名字。老黄是来写剧本的，市里要拍一部反映老跛的电影。老黄终于能拍电影了，拍电影是老黄一生的夙愿，老黄写过很多谍战本子，但没有一个本子被拍成电影。老黄曾经对老跛说过要拍一部电影，把公路引进龙骨村来，现在的情形是公路或者老跛把老黄的电影引进来了，反过来或者倒过来了。当然，电影不是老黄的电影，是市里的电影。老黄告诉我，电影的片名叫作《苦楝树生长的地方》。我说这是一个好片名，因为龙骨村漫山遍野长满了苦楝树。老黄对我说，文丕你长得很像老跛，真的很像，走路像、说话像、气质也像，再经过化妆简直就是一个活灵活现的老跛，可惜你没有表演才华，要是你有表演才华，我一定建议导演让你来演老跛。我说谢谢你老黄，我演不了老跛，也没有人能演得像老跛，因为老跛不是可以演得出来的。我知道我的使命已经结束，尽管我驻村的时间还有二十多天，但我知道我继续待在龙骨村已经没有任何意义了，因为我已是个多余的人。

离开村里的那天，我独自一人来到老跛和阿夕的坟前跟他们告别。两座坟茔挨在一起，坟茔上的泥土是新鲜的，就像初春刚刚翻犁过的田泥。周围还弥漫着香火味、鞭炮火药味以及浓郁的酒香味。我扔掉拐杖，右腿先弯下来，左腿接着弯下来。我跪在两座坟茔的中间，我说老跛我想你，我说阿夕我想你。然后我向老跛和阿夕通报，我说我们村的公路要修成柏油路了，你们知道什么叫柏油路吗？柏油路，顾名思义，就是柏油铺的路。柏油路也叫沥青路，就是把沥青和碎石搅拌，然后铺在要修的路面上。我说你们知道柏油路与钢筋混凝土路有什么区别吗？没有！柏油路和钢筋混凝土路的构造是一样的，柏油路就是在钢筋混凝土路面上再加一层细石混合沥青。我说你们知道柏油路相对于混凝土路来说有什么好处吗？我告诉你们啊：第一，柏油路路面层比较软，汽车摩托车跑在上面会觉得很舒服，并具有一定程度的弹性，而混凝土硬度大，汽车摩托车跑在上面会觉得硬邦邦的，某些路面比较细小的缺陷，都会给人以强烈的震动感觉。第二，柏油路景观性明显，柏油路面一般为黑色，给人以深沉稳重的感觉，开车的时候让人觉得踏实；混凝土路的颜色是灰白色的，给人以浮气不足的感觉，没有景观性可言。我说当然啦，柏油路也有不足的地方，比如沥青容易老化，路面深色容易吸收热量，夏天你开车跑在上面会有一种很热的感觉。我说你们都听明白了吗？听明白了我就走了。站起身来，我突然见到村小学谭老师。谭老师递给我一个大信封，说里面是考勤表和鉴定材料，都按照老跛的指示填写了。我再一次朝老跛的坟茔跪下，我说老跛，下辈子我们一起开车去东莞！那天，我一瘸一瘸地离开龙骨村，就像年初我一瘸一瘸地来一样。